나쁜 기억을 지워드립니다

시간세탁소

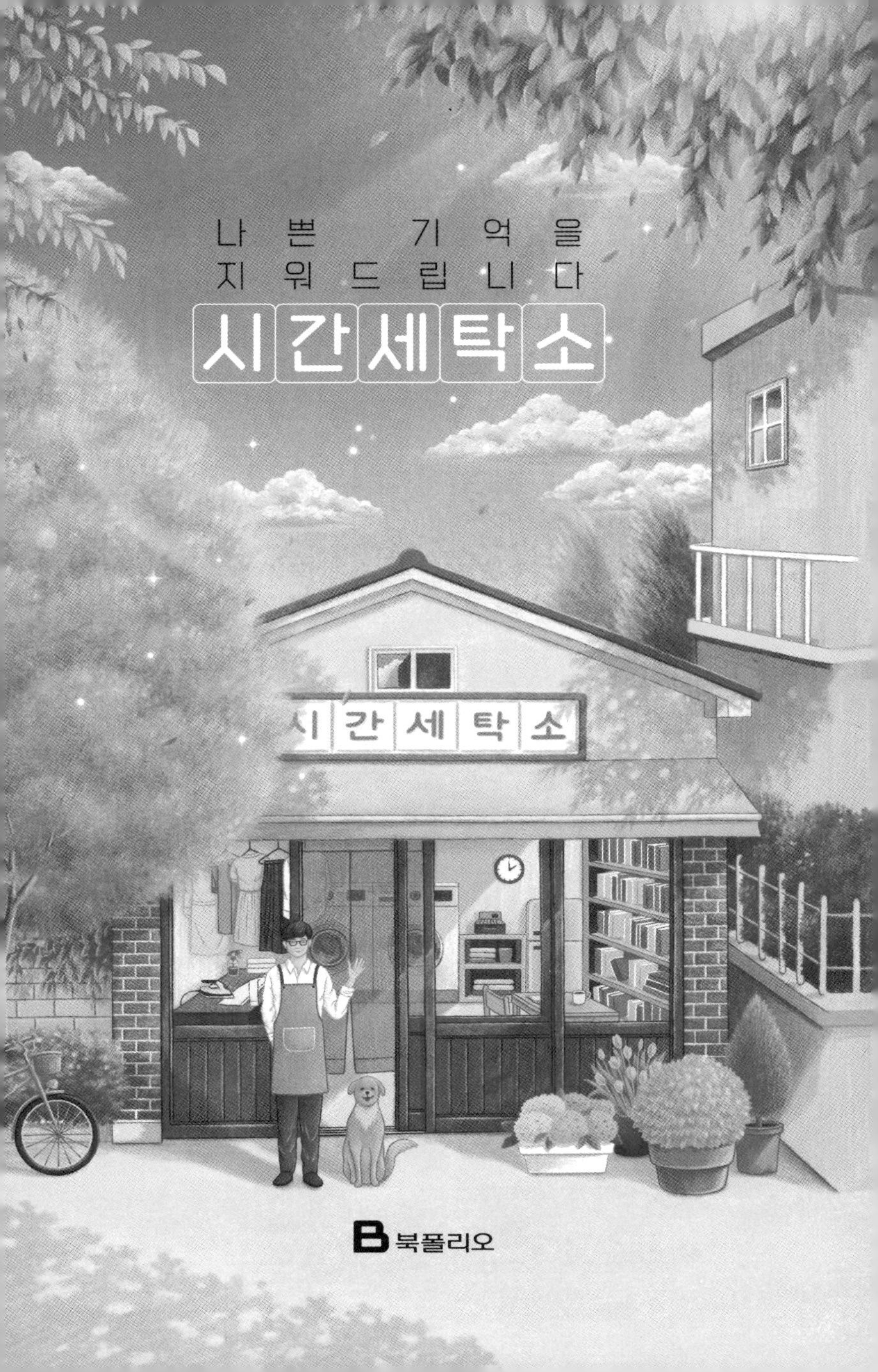
나쁜 기억을
지워드립니다
시간세탁소
시간세탁소
북폴리오

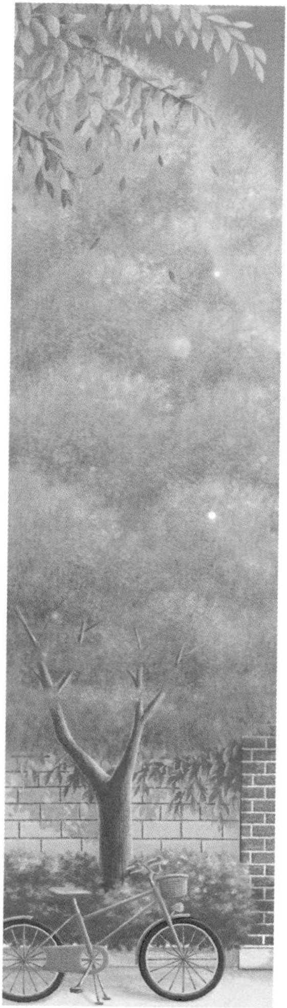

차례

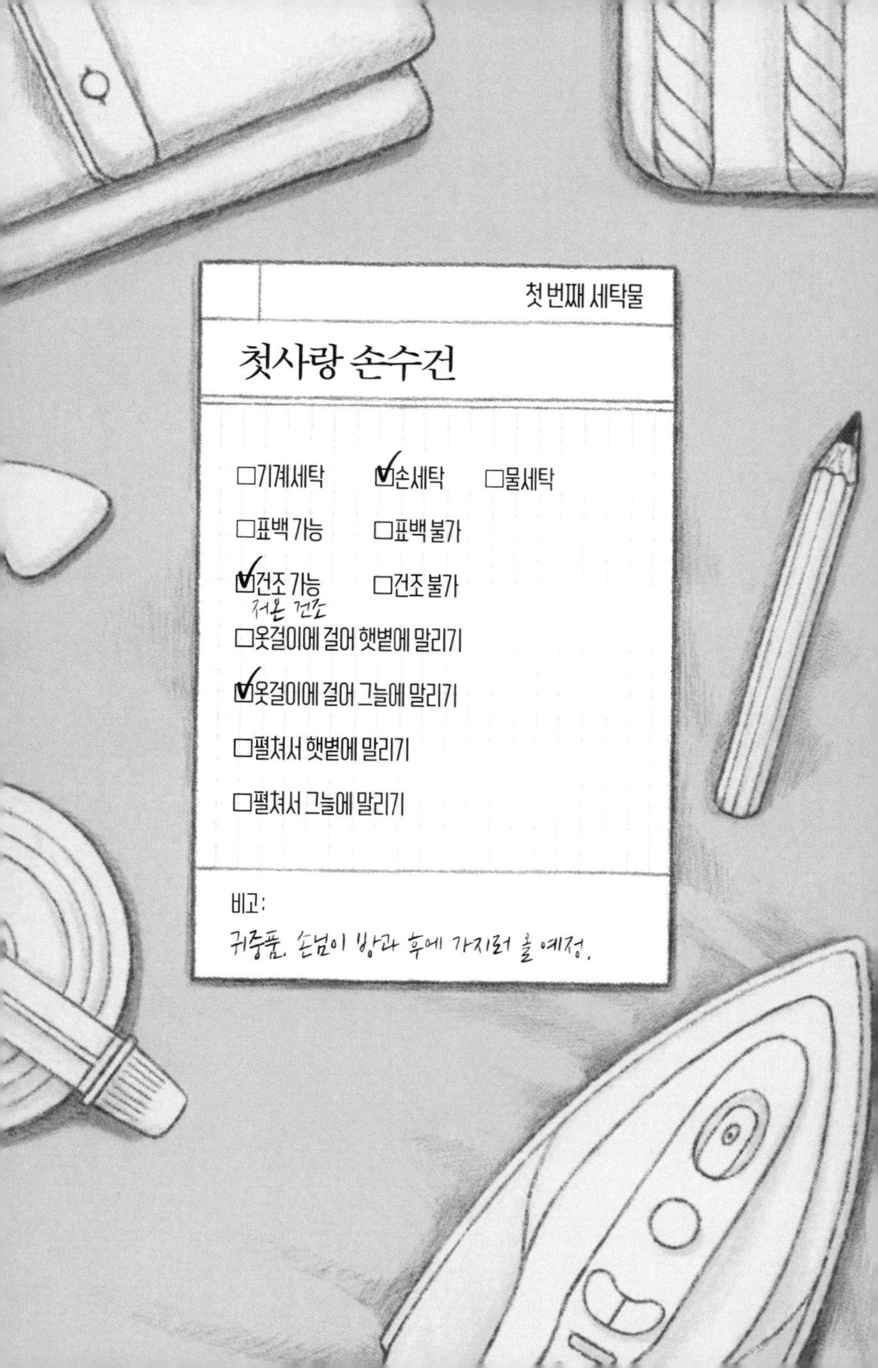

첫 번째 세탁물
첫사랑 손수건
□기계세탁 ☑손세탁 □물세탁
□표백 가능 □표백 불가
☑건조 가능 □건조 불가
저온 건조
□옷걸이에 걸어 햇볕에 말리기
☑옷걸이에 걸어 그늘에 말리기
□펼쳐서 햇볕에 말리기
□펼쳐서 그늘에 말리기
비고:
귀중품. 손님이 방과 후에 가지러 올 예정.

막다른 골목에 있는 조용한 건물 하나. 골목 안으로 일부러 들어와 보지 않으면 누구도 여기에 세탁소가 있다는 것을 알아차리지 못할 것이다.

고등학교 교복 차림에 긴 머리를 하나로 높이 묶은 소녀가 불안한 듯 조심스럽게 세탁소로 들어섰다. 마당에는 각종 식물이 무성하게 자라 있었다. 소녀는 스마트폰을 꼭 쥐고서 몇 번이나 지도상의 주소를 확인했다.

문은 반쯤 열려 있었다. 소녀는 용기를 내어 옛날식 녹색 방충문을 옆으로 밀며 들어갔다. 조그만 목소리로 세탁소 안쪽을 향해 말했다.

"저기요……. 안에 계신가요?"

인터넷에 올라온 추천 몇 마디만 보고 낯선 가게에 혼자 방문한 소녀는 긴장한 상태였다. 주변을 계속 둘러보는 소녀의 눈에 1인용 침대 크기만 한 카운터가 보였다. 카운터 상판에는 오래되어 누렇게 변색된 투명한 플라스틱 보호 매트가 있고, 매트 아래에는 각종 영수증이 깔려 있었다. 카운터 위에는 골동품에 가까운 금전출납기가 보였다. 소녀가 쥐고 있는 스마트폰과 대조를 이루는 광경이었다. 카운터 뒤쪽으로는 세탁을 마친 옷들이 비닐 덮개를 쓴 채 가지런히 걸려 있었다. 주인을 기다리는 옷들로 보였다.

소녀는 조금 긴장을 풀었다. 응, 내가 맞게 온 것 같아.

소녀는 사방을 두리번거렸다. 세탁소는 비어 있고, 어디선가 커피향이 바람을 타고 날아왔다.

소녀가 다시 주인을 부르려는데, 사십 대 초반으로 보이는 남자가 베이지색 앞치마를 두른 채 세탁소 안쪽에서 걸어 나왔다. 그의 손에는 금속으로 된 커피주전자가 들려 있었다.

소녀는 다급히 옆으로 메고 있던 배낭에 손을 집어넣으며 말했다.

"지금 세탁 되나요?"

그러고는 가방에서 작은 봉투를 꺼냈다. 봉투에서 명함 크기의 담황색 종이상자가 나왔다. 소녀는 상자를 카운터 위에 내려놓고 조심스럽게 열었다.

"예?"

남자는 갑자기 본론을 꺼내는 소녀를 보며 당황했다.

그는 이 세탁소의 주인이었지만 서점 주인에 더 어울려 보였다. 부드러운 이목구비와 가늘고 긴 손가락, 동그란 안경 등에서 문학청년 느낌이 났다. 하지만 동시에 1900년대 초반의 고풍스러운 분위기를 가진 세탁소와 잘 어울렸다.

"여기 세탁소 맞죠, 그렇죠?"

남자의 반응에 소녀는 다시 불안해졌다.

"아! 맞아요, 맞아요. 어…… 세탁할 게 있으신가요?"

세탁소 주인이 얼른 들고 있던 커피주전자를 내려놓고 소녀가 꺼낸 물건을 받아 들었다.

"죄송한데, 혹시 아직 영업시간이 아닌가요?"

소녀가 당혹스러운 듯 스마트폰을 보며 세탁소 영업시간을 확인했다.

맞는데, 문 여는 시간인데. 그럼에도 소녀는 여전히 걱정스러웠다.

"네, 맞아요. 영업합니다! 다만 세탁소 문을 열어도 이렇게…… 일찍 오시는 손님은 드물어서요."

남자가 벽에 걸린 시계를 쳐다보았다. 6시 50분이었다.

"등교하기 전에 와야 해서요."

"이 근처에 사시나요?"

"네."

소녀가 고개를 끄덕였다. 시선은 세탁소 주인이 들고 있는 손수건에서 떨어지지 않았다.

소녀는 여기서 큰길 건너편에 살았다. 하지만 학교는 세탁소와 반대 방향에 있어서 이쪽으로 올 일이 많지 않았다. 그래서 이 골목에 세탁소가 있다는 것도 몰랐다.

주인이 고개를 숙여 손수건을 살폈다.

도톰하고 부드러운 천으로 만든 손수건이었다. 섬세하고 촘촘한 흰색 바탕에 감색으로 제비 무늬가 정교하게 그려져 있었다. 소녀에게 잘 어울리는 어린 느낌의 손수건이었다.

"저…… 이 손수건을 세탁하려는 이유를 물어봐도 될까요?"

한참 손수건을 살피던 사장이 난감해하며 물었다.

"세탁할 수 없나요?"

사장의 말에 소녀가 다시 걱정스러운 표정을 지었다.

"그런 게 아니고, 이 손수건은 새것 같아서요. 더러운 데도 없고요. 세탁하지 않아도 될 것 같아서 하는 말입니다."

사장이 웃으면서 손수건을 소녀에게 돌려주었다.

뭐 이런 데가 다 있지? 손님이 왔는데 그냥 돌려보내려고 하다니? 소녀는 속으로 투덜거렸다.

"아니에요! 사장님, 여기 보세요."

손수건을 받아 든 소녀가 다급하게 뒷면을 펼쳐서 왼쪽 구석을 가리켰다.

사장이 안경을 고쳐 쓰면서 눈을 가느스름하게 뜨고 손수건을 들여다보았다. 그러자 소녀가 가리킨 곳에 보일 듯 말 듯 팥알만 한 얼룩이 보였다.

"아, 얼룩이 있군요. 제가 이걸 못 봤네요."

"사실…… 제가 직접 빨면 손수건이 망가질까 봐 겁이 나서 세탁소로 가져왔어요."

소녀가 불안해하며 설명을 보탰다.

사장이 씩 웃었다. 웃느라 눈은 가늘어지고 볼에는 보조개가 생겼다. 그가 안심하라는 듯 성실하고 온화한 표정을 지었다.

"중요한 손수건인가 보네요."

"네, 맞아요."

소녀가 부끄러워하며 대답했다.

이 세탁소에서는 손님이 가져온 물건이라면 크기나 가격에 상관없이 최대한 깨끗하게 세탁해 돌려주었다. 그래서 사람들은 특별히 소중한 것을 이 세탁소에 맡기곤 했다. 물건의 실제 가격이 얼마든, 마음이 담겨서 귀중해진 물건들이 대부분이었다. 지금 사장의 눈앞에 놓인 손수건도 그럴 터였다. 품질이 나쁘지는 않지만 엄청나게 비싼 제품은 아니었다. 소녀가 특별히 세탁소에 가져온 것을 보면 분명히 의미가 있는 물건일 것이다.

"남자친구가 준 건가요?"

"네……. 남자는 맞는데, 남자친구인지는 잘 모르겠어요……."

소녀가 고개를 숙이며 미묘한 표정으로 대답했다.

"어쨌든 그 사람이 손님에게 무척 중요한 사람이겠군요."

사장의 낮은 목소리에는 듣는 이를 안심시키는 마력 같은 것이 있었다.

그래서일까, 소녀는 돌연 고개를 들고 질문을 던졌다.

"사장님, 제가 뭐 좀 여쭤봐도 될까요?"

"저한테요? 뭘 물어보려고요?"

사장은 이해되지 않는다는 표정으로 머리를 긁적였다.

"어……."

소녀는 도로 조용해졌다. 어떻게 말을 시작해야 할지 고민하는 듯했다.

"아냐, 물어보는 게 좋겠어……."

소녀는 혼잣말을 했다.

"아, 역시 말하지 말까……."

자기만의 세계에 빠진 소녀가 중얼중얼 혼자서 묻고 답하는 모습을 보며 사장은 저도 모르게 미소를 지었다. 다만 소녀가 더 긴장할까 봐 조용히 기다렸다.

소녀가 심호흡을 하더니 드디어 이야기를 꺼냈다.

"사장님, 만약에요, 어떤 남자가 여자에게 '잠시 사귈래?'라고 말했다면 그건 진지하지 않다는 뜻일까요?"

소녀는 말할수록 목소리가 작아졌다. 고개도 점점 아래로 기울었다. 소녀는 카운터 상판의 빛바랜 보호 매트와 그 위의 붉은색 얼룩에 시선을 고정했다. 얼룩이 잉크 자국처럼 보인다고 생각했다. 눈에 익은 모양이었지만, 어디서 봤는지 생각나지 않았다.

"그러니까, 남자가 여자에게 '잠시 사귀자'고 했다. 그거죠?"

"네. 저한테 그렇게 말했어요. 하지만 '잠시'라는 게 무슨 뜻일까요? 제 친구들은 '잠시'라는 말은 미래에 대한 보장이 없는 거라고 했어요."

소녀의 얼굴이 어두워졌다.

"학생, 이 아저씨……도 연애 경험이 많지 않은데, 나한테 물어봐도 괜찮겠어요?"

사장이 길고 가느다란 손가락으로 이마를 문질렀다. 그렇게 말하면서도 부탁을 거절하는 뉘앙스는 아니었다. 그는 단지 소녀가 처음 만난 낯선 이에게 너무 솔직하게 연애 상담을 하려고 드는 것이 당황스러웠다.

"네, 괜찮아요. 그냥 사장님이 어떻게 생각하시는지 말씀해 주세요. 어떤 문제는 잘 모르는 제삼자가 더 객관적이잖아요!"

소녀가 애절하게 부탁했다. 조금 전 어떻게 입을 열어야 할지 몰라 고민하던 모습은 온데간데없었다.

"음……."

사장은 고개를 들고 세탁소 마당의 식물들을 바라보았다. 진지하게 고민하던 그가 몇 초 후에 말문을 열었다.

"좋습니다. 이런 일을 잘 모르는 아저씨라 무슨 도움이 될지 모르겠지만…… 한번 들어볼게요."

그러자 소녀가 밝게 웃으며 손수건을 가리켰다.

"이, 이건 선배가 저한테 준 거예요!"

그러더니 뭔가 생각난 듯 스마트폰을 꺼내서 급하게 사진 앱을 열고 사장의 눈앞에 들이댔다.

"여기, 여기요! 이 사람이에요!"

화면에는 한 남학생이 담겨 있었다. 농구 코트 위에서 체육복을 입고 농구공을 들고 있는 모습이었는데, 자세를 보니 막 자유투를 던지려던 순간 같았다. 사진이 그다지 선명하지 않아서 얼굴이 제대로 보이지 않았다. 원래 멀리서 찍은 사진인데 남학생이 나온 부분을 확대해서 보여주느라 그런 듯했다. 좋아하는 사람의 사진을 보는 중이라 그런지 소녀의 얼굴이 반짝반짝 빛났다. 희귀한 보물을 가진 사람처럼 의기양양한 표정이었다.

소녀의 손가락이 화면 위를 한참 오르락내리락하더니 좀 더 마음에 드는 사진을 찾아냈다.

"이거요!"

소녀와 남학생이 같이 찍은 사진이었다. 소녀는 오른손으로 '예스' 표시를 하고 왼손 엄지손가락과 집게손가락으로 남학생의 교복 옷자락을 살짝 쥐고 있었다. 남학생의 얼굴에는 수줍음이 가득했다. 억지로 붙잡혀 찍은 사진처럼 보였지만, 두 사람의 표정에서는 숨길 수 없는 기쁨이 엿보였다.

"선배가 고백했을 때, 전 정말 행복했어요. 당연히 승낙했죠. 그런데 선배는 올해 졸업이거든요……. 졸업하고 어느 대학으로 진학할지 아직은 모르고요. 사귀려면 미래를 잘 생각해야 한다, 같이 노력해야 한다, 다들 그렇게 말해요. 우리처럼 앞으로의 일을 깊게 생각하지 않고 덥석 사귀기부터 하는 건…… 책임감 없는 행동이래요."

그러면서 소녀는 한숨을 쉬었다.

"다들 그런다고요?"

"네……."

"그러니까 제가 듣기로는, 손님의 연애가 다른 사람들의 기준에 맞지 않는다는 거군요?"

"맞는 말이잖아요? 맹목적인 연애를 하면 안 되잖아요. 다른 사람들 말도 들어봐야죠."

소녀가 계속해서 스마트폰 화면을 스크롤하면서 말했다. 미래에는 정해지지 않은 것들이 너무 많았다. 이제 막 '감정'이라는 보물상자를 연 소녀는 기분이 좋았다가 나빴다가 종잡을 수 없는 상태였다.

"심하게 맹목적이면 좋지 않지요. 하지만 내 생각에, 연애할 때는 달콤한 게 진짜인 것 같아요."

"맞아요!"

소녀는 선배가 고백하던 순간의 표정을 떠올리며 다시 눈부시게 미소를 지었다.

"그렇다면 왜 다른 사람이 하는 몇 마디 말 때문에 자신의 연애 방식이나 연애할 때의 감정을 정의하려는 거죠?"

"무슨 말이에요?"

소녀가 눈썹을 찌푸렸다. 잘 이해되지 않는 모양이었다.

"손님이 가지고 온 손수건을 볼까요? 만져보면 느낌이 어때요?"

사장이 손수건을 가리키며 말했다.

"부드러워요. 편안한 느낌이에요."

좋아하는 사람이 준 선물에 대해 말하는 소녀의 목소리에 순수한 애정이 묻어났다. 소녀는 손수건을 꼭 쥐며 그 감촉을 느꼈다. 손수건을 받고 나서 단 한 번도 쓰지 않았다. 땀을 닦는 것은 생각조차 못할 일이었다. 소녀는 손수건을 포장용 종이상자에서 꺼내 놓는 것조차 불안해서 받은 그대로 보관했다.

"그러면 제가 이렇게 말한다고 상상해 보세요. '이 손수건은 사실 싸구려입니다. 천이 너무 두껍군요. 습도가 높은 대만에서는 쉽게 곰팡이가 생길 재질이죠.' 어떤 기분이 들어요?"

"아무렇지도 않은데요. 오히려 사장님이 이상하다고 생각할 거예요."

"그렇다면…… 지금 다시 손수건을 만져보세요. 내가 방금 한 말 때문에 느낌이 달라졌나요?"

"당연히 아니죠!"

"그래요. 내가 뭐라고 말하든, 손님이 손수건을 직접 만지면서 느낀 촉감을 바꿀 수는 없어요. **촉감이란 손님의 개인적이고 주관적인 감각이기 때문입니다. 누구도 손님 대신 손수건의 촉감을 결정할 수 없어요.** 그렇죠?"

세탁소 사장의 말에 소녀는 곰곰이 생각에 잠겼다.

"사장님 말씀은 연애할 때의 감정도 제 것이니까 제가 직접 느껴야 한다는 거군요. 다른 사람의 생각은 신경 쓰지 말라는 거죠?"

청소년 시기의 미묘함이 있다. 청소년들은 이미 독립적으로 사고를 할 수 있는 주체로 성장했고, 모든 것을 자주적으로 결정하고 싶어 한다. 그와 동시에 아직 단단한 자기 믿음을 갖추지는 못한 상태다. 자주적으로 행동하려는 열망과 타인의 의견에 귀를 기울여야 한다는 생각 사이의 모순이 알 수 없는 미래에 대한 불안을 형성한다.

“제 말은요, **다른 사람의 생각과 기준에 맞출지 말지 손님 스스로 결정할 수 있다는 거예요.** 미래든 현재든 지금 당장은 생각하지 않아도 됩니다. 그것도 한 가지 방법이잖아요?”

소녀의 눈이 반짝였다.

“이 손수건은 재질도 좋고 디자인도 귀여워요. 신경 써서 골랐다는 생각이 들어요. 내가 보기에는 이걸 선물한 사람의 마음이 느껴지는 것 같아요. 그게 진짜가 아닐까요?”

사장이 다시 말했다.

“하지만…… 선배는 저한테 ‘잠시’ 사귀자고 했는걸요.”

‘잠시’라는 말을 들은 사장의 머릿속으로 과거의 여러 기억이 스쳤다. 그러나 그는 추억 속 화면에 오래 머무르지 않고 신비로운 미소를 지으며 말했다.

“인생은 아주 많은 ‘잠시’로 이루어진 게 아닐까요?”

“그건 무슨 뜻이죠?”

소녀는 다시 어리둥절해졌다.

“나와 손님은 방금 만났죠. 이 순간의 ‘잠시’입니다. 손님은 오늘 하루 아주아주 여러 번의 ‘잠시’를 보내게 되겠지요.”

"사장님은 '현재를 살아라'라는 말을 하고 싶으신 거예요? 그렇게 현재만 생각하면 미래에서 도망치는 것 아닌가요?"

소녀는 세탁소 사장의 말에 공감하기 어려웠다. 자기 반 친구들이 떠올랐기 때문이다. 시험이 눈앞에 닥쳤는데도 몇몇 친구들은 '현재를 살겠다'며 공부는 하지 않고 놀기만 했다. 그렇게 문제를 회피하고 뭐든지 미루기만 했다. 소녀는 '현재를 산다'는 핑계로 미래에 대한 책임에서 도망치는 것은 옳지 않다고 생각했다. 이제 막 싹을 틔운 자기 연애도 그런 식으로 미래에 대해 책임지지 않는 행동이 되는 것은 싫었다.

"아뇨, 아뇨. 손님은 '현재를 산다'는 말을 오해하고 있어요. 영어에 'Here and now'라는 말이 있는 것, 아세요? **'지금 여기'**라는 뜻이죠. 손님의 눈앞에 있는 현재는 선배와의 연애예요. 손님과 선배가 미래에 어떻게 달라지더라도 계속해서 함께 '눈앞의 현재'에 집중한다고 생각해 보세요. 그렇다면 선배가 말한 '잠시'는 매번 한 발짝씩 나아가는 상태를 말하는 게 아닐까요? 언제든지 변화할 수 있는 가능성을 품은 채로 말이에요."

"우리가 진짜로 헤어지게 되면 어떡하죠?"

미래의 연애가 어떻게 될지 생각하지 않으면서 지금 그 감정을 제대로 누릴 수 있을까? 세탁소 사장님은 너무 이상적인 이야기를 하는 것이 아닐까?

"우리 중 누가 헤어지지 않을 수 있겠어요?"

"그건……."

사장이 주변을 둘러보며 말했다.

"나는 여기서 손님들이 가져오는 옷과 물건들을 만나요. 그것들을 깨끗하게 세탁해 말리고 나면 각각 주인이 와서 가져가죠. 잠시 만났다가 헤어지는 거예요. 인생의 모든 것들이 '헤어짐'을 위해서 만나는 건지도 몰라요."

"그러면요, 사장님이 열심히 세탁한 물건을 사람들이 아무렇게나 쓸까 봐 걱정되지 않으세요? 사장님의 노력이 헛수고가 되잖아요."

"그거야 그렇죠. 하지만 뭐든 변화하기 마련이니까요."

"그래서 사람들이 저한테 '잠시'의 감정이라면 너무 깊이 빠지지 말라고 했어요. 헤어질 때 힘들까 봐 걱정된다면 지금 너무 많은 것을 쏟으면 안 된다고요."

"그것도 한 가지 방법이 될 수 있죠. 하지만 그렇게 생각하면 나는 내 일에 몰입하지 못할 것 같아요."

"꼭 몰입해야 하나요?"

"몰입하지 않으면 이 일을 즐길 수 없으니까요. 세탁물 하나하나의 가치와 의미를 생각하고 느끼지 못하겠죠. 그러면 내가 하는 일이 멋지다고 믿을 수 있을까요? 그리고 나는 세탁소에 맡겨진 물건과 '잠시' 만났다가 헤어진다고 생각하기 때문에 그 시간을 더 소중히 여기게 돼요."

소녀는 사장의 시선을 따라 세탁소 안을 둘러봤다. 이미 세탁을 마친 옷들도 있었고, 다림질을 기다리는 셔츠도 있었다.

갑작스러운 침묵에 벽에 걸린 시계의 초침 소리가 크게 들렸다.

시간이 일분일초 흐르듯이 이 옷들도 단지 지나가는 손님에 불과했다.

"사실 인생의 모든 일에는 끝이 있기 마련이에요. 사람도 헤어짐을 위해 만나는 것처럼요."

"그런 말은 너무 슬프지 않나요?"

침묵을 깬 세탁소 사장의 말에 소녀는 수긍하기 어려웠다.

"모든 것에는 시작과 끝이 있기에 '이 물건들과의 아름다운 헤어짐'이란 목표를 위해 노력할 수 있는 거죠. 지금 눈앞의 잠시가 바로 내가 가장 몰입할 수 있는 잠시인 거예요. 현재의 '잠시'에 집중하자는 건 관계가 약해서가 아니라, 오히려 미래의 더 나은 순간을 위해 눈앞의 '잠시'에 최선을 다하자는 것 아닐까요? 지금의 '잠시'를 충실히 보내야 비로소 미래의 '영원'이 올 수 있으니까요. 그렇죠?"

소녀는 다시 생각에 잠긴 듯 조용해졌다가 천천히 입을 열었다.

"무슨 말씀인지 조금 알 것 같아요. 그러니까 모든 게 다 잠시로 이루어져 있고, 이 모든 순간을 잘 보내야 계속 이어질 수 있다는 거죠?"

"적어도 나는 이 손수건이 지금 손님에게 얼마나 중요한 물건인지 알아요. 언젠가 중요하게 여기지 않는 날이 오더라도 **오늘의 손님과 나에게는 가장 진실한 물건이죠.** 결국 매일 이렇게 '중요하게' 여기면 되는 것 아닐까요?"

"그러니까 정말로 선배와의 '미래'를 생각한다면 더욱더 현재의 순간들을 소중하게 생각하라는 거죠?"

소녀는 들고 있던 손수건을 보자 선배가 고백하던 순간이 다시 떠올랐다. 틀림없이 진실하고 흔들림 없는 눈빛이었다.

사장은 말없이 미소를 지어 보이고는 어느새 작성한 세탁물 영수증을 소녀에게 건넸다.

"아까 말했듯이 나는 나이도 많고 연애 문제는 잘 모르지만, 현재가 없으면 미래도 없다는 것쯤은 알아요."

조금 전까지 진지한 얼굴로 대화하던 세탁소 사장은 다시 평온하게 카운터 위의 물건들을 정리하기 시작했다. 소녀는 그 모습이 어쩐지 진지하고 성실한 도서관 관장님 같다고 생각했다. 대화할 땐 항상 웃음기 없이 진지하지만, 실제로는 무척 신뢰감이 들어 어느새 마음을 터놓고 가까워지는 그런 사람.

"에이, 사장님 인기 많으셨을 거면서!"

소녀는 장난스럽게 웃으며 사장의 손목을 때렸다.

"그런데 학생, 학교 갈 시간 되지 않았어요?"

사장은 손목을 문지르며 말했다. 가볍게 때린 것 치고 상당히 아팠다.

"지금 몇 시예요?"

소녀는 벽에 걸린 시계를 슬쩍 봤다가 깜짝 놀라 소리쳤다.

"아! 늦겠다!"

소녀는 부리나케 세탁소 밖으로 나갔다.

삐걱거리는 녹색 방충문을 닫으며 소녀가 외쳤다.

"사장님, 손수건 잘 부탁드려요. 오늘 수업 끝나고 가지러 올게요!"

마침 마당에 아침 햇살이 내리쬐어 소녀가 달려 나가는 뒷모습을 비추었다. 세탁소 사장은 나무 카운터에 기대어 멀어지는 소녀를 바라보았다. 가늘게 뜬 눈에 옅은 미소가 비쳤다. 어쩐지 소녀의 발걸음이 올 때보다 훨씬 가벼워져 있었다.

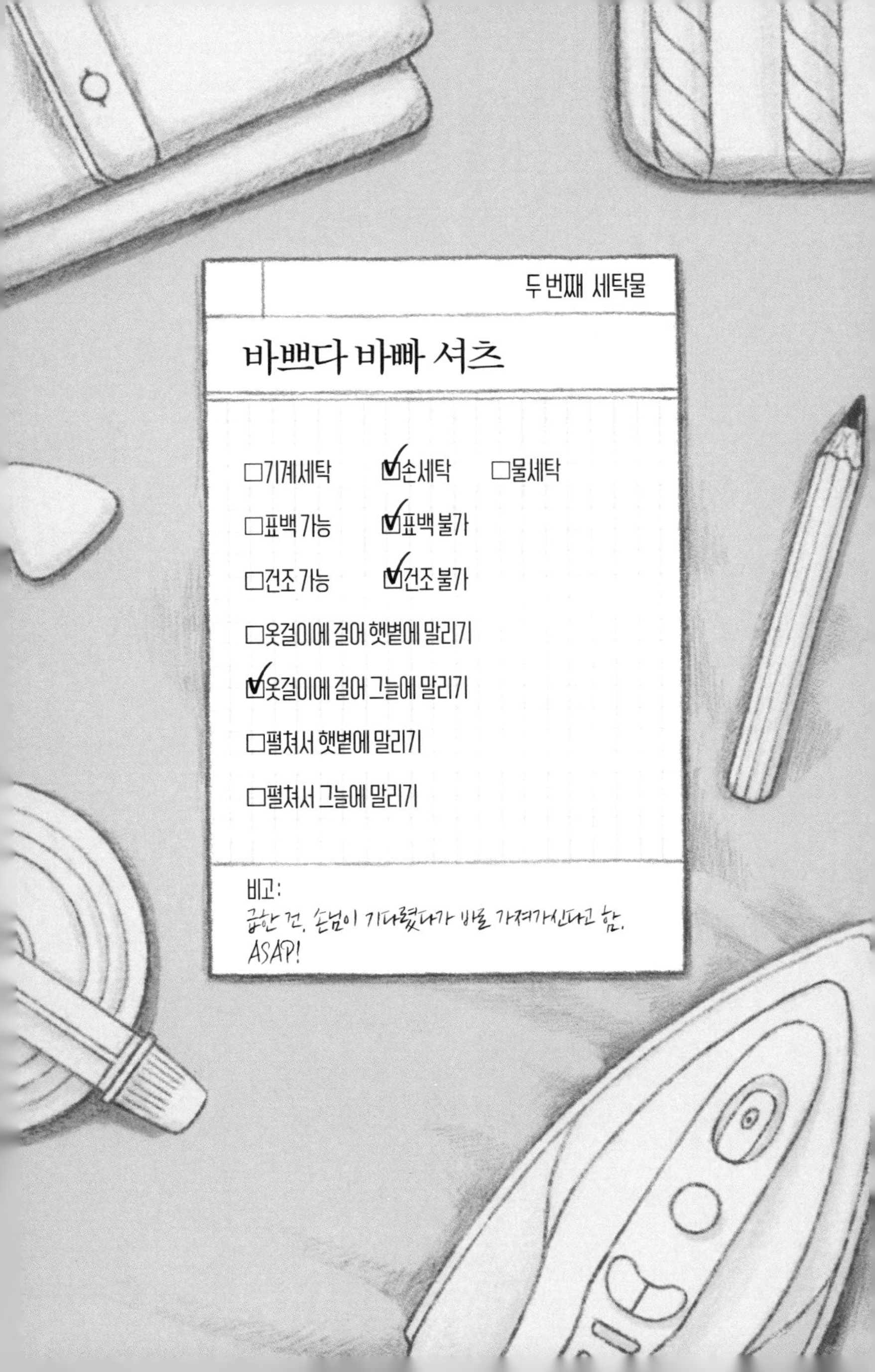
두 번째 세탁물
바쁘다 바빠 셔츠
□기계세탁 ☑손세탁 □물세탁
□표백 가능 ☑표백 불가
□건조 가능 ☑건조 불가
□옷걸이에 걸어 햇볕에 말리기
☑옷걸이에 걸어 그늘에 말리기
□펼쳐서 햇볕에 말리기
□펼쳐서 그늘에 말리기
비고:
급한 건. 손님이 기다렸다가 바로 가져가신다고 함.
ASAP!

끼익. 자전거의 급정거 소리가 골목 끝에서 울리자, 쉴 새 없이 먹이를 쪼아대던 참새 몇 마리가 깜짝 놀라 날아갔다. 마당에서 졸고 있던 늙은 개 한 마리도 자전거 소리에 잠이 깼다. 늙은 개는 고개만 살짝 들어 잠시 올려다보더니 다시 엎드려 나른하게 아침 햇살을 즐겼다.

머리를 높이 묶은 한 소녀가 자전거에서 뛰어내려서는 쪼그려 앉아 개의 머리를 쓰다듬었다. 개는 고개를 가만히 떨구었다. 소녀의 적극적인 애정 표현보다는 맛있는 개껌 생각이 더 간절했다. 소녀는 몸을 일으켜 경쾌한 발걸음으로 마당에 들어섰다.

소녀는 골목 끝에 있는 세탁소로 돌아왔다.

"사장님! 안녕하세요! 저 또 왔어요!"

소녀가 낡은 녹색 문을 익숙하게 열어젖히자 녹슨 빗장이 삐걱거리는 소리가 조용한 골목에 울렸다.

세탁소 안 왼쪽 벽에는 옷들이 빽빽하게 걸려 있고, 오른쪽에는 책이 가득 꽂힌 책장이 보였다. 책장 안의 책들은 높이가 제각각으로 도서관처럼 딱히 분류 기준이 있는 것 같지는 않았다. 그런데도 맞은편에 걸린 옷들과 자연스럽게 어우러졌다. 소녀는 이미 세탁소의 구조에 익숙해졌지만, 처음 방문한 사람이 만약 세탁물을 보지 못한다면 작은 도서관으로 오해할 법한 풍경이었다. 세탁소 사장인 가오(高)는 베이지색 앞치마를 두르고 책장에 기대어 서 있다가 소녀의 큰 목소리에 그만 읽고 있던 책을 떨어트렸다. 그러고는 눈을 가늘게 뜨고 동그란 안경 너머로 샤오루(小茹)라는 이름의 여자아이를 바라봤다.

그는 소녀가 처음 세탁소에 왔던 몇 주 전 그날을 떠올렸다. 그날 이후 샤오루는 마치 제 집인 양 하루도 빠짐없이 세탁소를 찾아왔다. 심지어 법정 공휴일인 오늘까지도.

"정말이네! 인터넷에 오늘도 영업한다고 되어 있더라고요. 오늘은 공휴일이잖아요. 왜 이렇게 일찍부터 문을 여셨어요? 나이가 들어서 일찍 일어나는 게 익숙해지신 거예요?"

이 세탁소의 영업시간은 조금 특별했다. 다른 세탁소보다 훨씬 일찍 열고 늦게까지 영업했을 뿐만 아니라 휴일도 달랐다. 공휴일에도 쉬지 않았고 매년 딱 3일만 문을 닫았다. 설날과 추석에도 '영업중'이라는 팻말이 꿋꿋하게 문밖에 걸려 있었다. 샤오루는 지난 몇 주간 방과 후나 학원 수업이 없는 주말에만 와봤는데, 오늘은 마침 학원 수업이 없어서 아침 일찍부터 들러본 것이다.

"그래, 젊은 사람이 관심 가져주니 고맙구나. 그나저나 휴일인데 집에서 쉬지 않고 여긴 어쩐 일이니?"

"여기서 알바해서 세탁비 갚으려고요!"

샤오루의 높은 데시벨에 사장은 정신이 번쩍 들었다.

"알바를 한다고? 지난번에 내가 다른 일손은 필요 없다고 하지 않았니?"

그는 고개를 숙이고 읽던 책을 계속 읽었다. 그의 입가에 잔잔한 미소가 걸렸다.

"어쩔 수 없죠! 그러게 누가 제 손수건 세탁비를 받지 말랬나요? 가오 씨가 헛수고하게 만들 순 없어요!"

샤오루가 헤벌쭉 웃었다.

"그때 돈을 받지 않은 건 그 조그만 얼룩을 지우는 데 아무런 노력이 필요치 않았기 때문이야. 세제도 쓰지 않았단다."

책을 넘기는 사장의 손가락은 세탁 세제에 거칠어지지도 않고, 중년의 손이라고 볼 수 없을 정도로 고왔다. 오히려 문인의 손가락이라고 해야 믿을 정도였다. 그의 시선이 들고 있던 책에서 줄곧 떨어지지 않았다.

"그리고 예의를 좀 갖춰. '가오 씨'는 네가 날 부르기에 적절한 호칭이 아니야."

언젠가 한 단골손님이 그렇게 부르는 걸 듣고 샤오루가 자기도 그렇게 부르겠다고 고집했다.

"제가 손수건을 다시 찾으러 왔을 때는 정말 새것 같았는데, 어떻게 아무것도 안 했을 수가 있어요? 가오 씨는 제가 학생이라서 세탁비 안 받으신 거죠? 성격이 너무 좋으신 거 아니에요?"

샤오루는 사장의 불만을 못 들은 체했다.

"아니, 내 말은 오늘은 공휴일인데 여기서 이럴 시간에 남자친구와 데이트를 하는 편이……."

그는 조용한 아침 시간을 다시 즐기기 위해 샤오루를 설득하려고 했다.

그때 갑자기 밖에서 들려오는 소리에 사장과 소녀의 대화가 끊겼다.

"Hello, Hello! Anyone?"

다급한 하이힐 소리가 마당의 진흙 바닥에서 철퍽대는 소리로 바뀌며 다가오고 있었다. 초조한 여자의 목소리가 대답을 기다리지도 않고 다시 들렸다. 여자는 속사포처럼 빠르고 높은 목소리로 소리쳤다.

"Anyone? 여기 문 열었나요? 세탁 맡기러 왔어요!"

드르륵 탕! 여자가 힘껏 녹색 방충문을 열어젖히자 반동에 의해 문이 도로 튕겼다.

문이 문틀에 부딪혀 나는 귀가 얼얼할 정도로 큰 소리에 사장과 소녀의 대화가 멈췄다.

사장과 샤오루는 서로를 쳐다보며 휴일 이른 아침부터 세탁을 맡기러 온 사람을 의아하게 생각했다.

세탁소에 들어선 사람은 깔끔한 단발머리의 여자로, 턱이 좁고 뾰족하며 목선이 또렷했다. 그녀는 정장을 입고 있었으며 단정하고 전문적인 느낌이 물씬 났다. 보아하니 자신을 꾸미는 데 익숙하고, 또 휴일에 이렇게 차려입은 것을 보니 오늘도 일하러 가는 것이 분명했다.

"안녕하세요! 어떤 옷을 맡기실 건가요?"

샤오루는 처음에 영어가 들려서 외국인일 거라고 예상했다가 아닌 걸 알아차리고 마치 세탁소 직원인 양 재빠르게 물었다.

"Well! 시간이 촉박해서요. 혹시 이 셔츠 얼른 좀 세탁해 주실 수 있나요? 바로 입고 갈 거예요. Make it quick."

그녀는 그다지 신뢰가 가지 않는다는 표정으로 샤오루를 한번 쓱 보고는 그대로 지나쳐서 세탁소 사장에게 셔츠를 건넸다.

"사장님이죠, Right? I need it cleaned ASAP! 오늘 입어야

해서 빠를수록 좋아요."

손님은 혹시나 두 사람이 영어를 못 알아들었을까 봐 다시 덧붙였다.

"알겠습니다. 당부하실 오염 부위가 있나요?"

셔츠는 부들부들한 촉감에 부드러운 광이 흘렀다. 사장은 셔츠를 받자마자 라벨을 보지 않고도 값비싼 실크 셔츠임을 곧바로 알아차렸다.

"안 보이시나요? 잉크 자국, 여기요! Here!"

손님은 성미 급하게 손가락으로 여러 차례 셔츠 한쪽의 검은 얼룩을 가리켰다. 그녀는 말하는 속도가 매우 빠르고 화난 표정이라 기분이 썩 좋아 보이지 않았다.

"사장님 맞죠? Can you make it quick? 지금 바로 좀 해주세요. 오늘 정말 중요한 자리가 있는데 바로 입고 가야 해서요!"

정말 운이 지지리도 없네! 하필이면 오늘 이런 일이 생기다니. 손님은 속으로 계속 투덜댔다. 오늘은 외국 클라이언트 앞에서 중요한 업무 보고를 해야 해서 이른 아침부터 일어나 계속 연습했다. 그런데 모든 준비를 마치고 문밖을 나서는 순간, 그만 만년필 잉크가 셔츠에 튀어버렸다.

이 셔츠는 바로 그녀의 무서운 여자 상사가 오늘처럼 중요한 자리에 꼭 입고 오라며 보내준 것이었다. 문제의 원흉인 만년필을 떠올리자 손님은 더욱 화가 치밀어 올랐다. 만년필은 지난달 팀장으로 승진했을 때 동료들이 돈을 모아 선물한 것으로 당시에는 사람들에게 무척 감동했었다. 그들을 책임지고 관리해야 할 자리에 올랐음에도 오히려 그녀를 진심으로 축하해 줬으니까 말이다. 하지만 지금 돌이켜 보니 일부러 중요한 자리를 망치게 하려고 잉크가 새는 펜을 선물한 것이 아닌가 하는 생각이 들었다.

세탁소 사장이 셔츠에 묻은 얼룩을 자세히 살펴보니 검은색으로 보이긴 하나 사실은 파란색에 가까웠다.

"음, 이거 잉크인 거죠? 얼룩을 완전히 지울 수 있긴 한데, 오늘 아침에 꼭 입으셔야 한다면 일단 얼룩이 잘 보이지 않게 쾌속으로 처리해 드릴 수 있어요. 나중에 시간이 날 때 다시 오시면 완전히 제거해 드릴게요."

"What! 바로 완전히 제거할 순 없나요? 제 친구가 여긴 뭐든 다 해준다고 하던데요."

바로 지울 수 없다는 말에 그녀의 화난 표정이 더욱 또렷해졌다.

"어떤 일이든 항상 되는 것과 안 되는 것이 있어요. 아무리 간단한 일이라도 기다림 없이는 원하는 결과를 얻을 수 없죠."

"그건 무슨 Nonsense예요? 말도 안 돼."

손님이 그를 째려봤다.

"제 말은, 잉크 얼룩을 흐릿하게 해드릴 수 있지만 시간을 좀 주셔야 한다는 거예요. 기다리시려면 잠깐 앉아 계세요."

"그럼…… 얼마나 기다려야 하죠?"

손님은 딜레마에 빠졌다. 얼룩을 바로 지우고 싶었지만, 이런 휴일 아침에 다른 세탁소를 찾을 수나 있을까?

"오래 안 걸려요. 20분 정도면 됩니다. 잠시 앉아서 기다리세요. 옆에 책장의 책은 편하게 보셔도 됩니다."

손님은 그제야 고풍스러움이 물씬 풍기는 세탁소의 오른쪽 벽에 줄지어 있는 책장과 그 안에 다양한 책들이 가득 꽂힌 것을 알아차렸다. 책장 앞에는 작은 찻상과 나무의자가 창밖에서 쏟아져 들어오는 햇살을 맞으며 놓여 있었다.

책으로 가득 찬 벽면 때문에 세탁소는 더욱 소박하고 점잖은 분위기를 풍겼다. 전통적인 세탁소의 습하고 더운 분위기는 전혀 느껴지지 않았다.

그녀는 잠시 망설이다 나무의자에 앉기로 했다.

"좋아요! 20분이라고 하셨죠? Please be quick. 회사에도 한 번 들러야 해요."

"샤오루, 뒤쪽 주방에 가면 커피가 다 내려졌을 거야. 한 잔 따라서 손님께 가져다드리렴."

"오, 네!"

샤오루는 무례한 태도에 걸핏하면 영어를 섞어 쓰는 손님이 불쾌했지만, 세탁소의 직원으로서 사장님의 지시에 따라야겠다는 생각에 주방으로 가서 능숙하게 커피를 따라왔다.

마음이 급한 손님은 커피가 가득 담긴 머그잔을 받자마자 벌떡 일어섰다. 그 바람에 천천히 세탁소 안으로 들어오던 늙은 개와 하마터면 부딪힐 뻔했다. 앞마당에서 햇볕을 쬐던 '얌전'이가 어느샌가 뒷문으로 돌아 안으로 들어온 것이었다.

"Shoot!"

손님이 깜짝 놀라 소리를 지르며 손을 휘젓자 커피 몇 방울이 바닥에 떨어졌다.

"사장님! 당신 개는 왜 함부로 나와서 사람을 놀라게 하죠?"

'얌전'이는 그 이름에 걸맞게 크게 소리치는 손님을 흘긋 보고는 조금도 신경 쓰지 않고 사장의 발밑에 가 얌전히 엎드렸다.

"자기가 제대로 못 봤으면서, 하마터면 얌전이가 다칠 뻔했네."

샤오루는 참지 못하고 투덜거렸다.

"샤오루."

사장은 소녀에게 함부로 말하지 말라는 눈짓을 보냈다.

"혹시 나 대신 바닥 좀 닦아줄 수 있을까? 그리고 얌전이 데리고 산책을 다녀와 주면 고마울 거야. 얌전이가 잠을 너무 많이 자서 좀 움직여야 하거든."

"네!"

샤오루는 그의 말이 달갑지 않았지만, 휴지를 뽑아 쭈그려 앉아서 바닥을 몇 번 닦고는 곧바로 썩 내키지 않아 하는 개를 데리고 밖으로 나갔다.

"얌전아, 가자! 괜히 여기 있다간 미움받겠어."

끼익. 샤오루가 방충문을 밀고 신발장에서 목줄을 찾아 재빨리 얌전이 목에 걸었다. 얌전이는 그야말로 얌전히 샤오루의 행동에 따랐고, 나가기 전에 고개를 돌려 세탁소 안에 있는 사장을 슬쩍 쳐다봤다. 눈 위에 난 흰 털을 늘어뜨리고 쳐다보는 눈빛이 마치 '두고 보자'라고 하는 것 같았다.

사장은 그 눈빛을 보고 순간 멍해졌다. 뭐야! 저 녀석이 언제 나한테 성질내는 걸 배웠지?

"죄송합니다. 개가 늙어서 좀 마음대로 굴어요."

사장은 손님에게 말을 하면서도 눈은 여전히 손에 든 셔츠에서 떼지 않았다.

"에잇, What a lucky dog! 개 팔자가 정말 좋네요. 이렇게 유유자적하고. 사람 팔자가 어디 이런가요? 저만 해도 좀 있다가 회사에 가야 하고, 지금은 여기서 1분 기다릴 때마다 마음이 1분씩 더 초조해지고, 일분일초가 낭비되는 기분이라고요. Shoot! 앗 뜨거워!"

손님은 단숨에 커피를 들이켜려고 했지만, 입술에 닿자마자 너무 뜨거워 할 수 없이 커피잔을 탁자 위에 올려놓았다. 그녀는 가방에서 태블릿PC를 꺼내 다음 주 스케줄을 고민했다.

"음, 기다리면 확실히 초조하긴 하죠. 그런데 그 **시간을 즐길 수 있다면 낭비라고 볼 수만은 없어요.**"

"What? 뭐가 낭비가 아니란 거죠?"

손님의 말끝이 높아졌다.

"그러니까 이 옷을 세탁하는 데는 분명 시간이 좀 필요해요. 이왕 기다려야 한다면 책장에서 끌리는 책을 하나 골라 커피를 마시며 그 시간을 즐겨보는 건 어떠세요? 커피는 제가 아침에 막 갈아서 내린 거라 맛이 괜찮을 겁니다."

사장의 나지막한 목소리와 태연하게 세탁에만 몰두하는 모습이 마치 신성한 의식을 치르는 것 같았다.

"그리고 천천히 마시는 편이 나을 거예요."

손님은 그를 한번 흘겨보고는 수다스럽게 말했다.

"사장님은 인생을 Enjoy하시나 봐요? 매일 세탁만 하세요? 다른 바쁜 일은 없어요?"

여자의 높고 빠른 말소리로 인해 어쩐지 트집을 잡으려는 것처럼 들렸지만, 사실 그녀는 그저 사장의 느긋함에 순수한 호기심을 느꼈다. 그녀는 태블릿PC를 탁자 위에 올려두고는 몸을 앞으로 기울여 주위를 둘러보았다. 그러고 보니 이 세탁소는 너무 조용한

데? 그래서 개 이름도 '얌전'이라고 지었나?

"저요? 제 삶은 제 속도에 맞춰져 있죠. 손님이 없을 때는 앞마당과 뒷마당의 꽃과 나무를 가꾸고, 보고 싶던 책을 읽어요. 이따금씩 밖에 나가 자전거도 타지요."

"네? 그게 다예요? That's it? 시간을 너무 낭비하고 계신 거 아니에요?"

설마 이 세탁소 사장이야말로 정체를 숨기고 있는 부자가 아닐까? 그녀는 다시 한번 세탁소를 자세히 둘러보았다. 이 집은 오래되긴 했지만 시내에 위치했고 단독 건물이다. 또 바깥의 마당을 포함하면 전체 넓이가 꽤 되고, 동네도 나쁘지 않다. 제대로 따져보면 시장에서 제법 가치가 높을 것이다. 만약 고급 주택처럼 인테리어를 바꾼다면, 와! 정말 어마어마한 돈을 벌 수 있을지도 모른다.

많은 부자가 막대한 재산을 가지고도 조용하고 검소하게 산다는 이야기를 들은 적이 있다. 왜 굳이 세탁소인지는 몰라도 어쩌면 그저 시간 때우기용이나 취미로 세탁소를 운영하는 것일지도 모른다.

생각이 여기에 미치자, 여자는 화가 조금 가라앉고 말투도 다소 누그러졌다. 하지만 냉정하고 날카로운 표정은 그다지 바뀌지 않았다.

"사장님은 진짜 운이 좋군요! 저는 그렇게 Lucky하지 못해요. 매일 할 일이 너무 많죠. 출퇴근 말고도 끊임없는 Meeting과 Business trip 그리고 Book club과 수업도 가야 하고, Gym에서 운동도 해야 해서 시간이 모자랄 지경이라고요. 사장님처럼 살면 정말 여유롭고 자유로울 것 같아요! 저한테도 조금 나눠주세요."

"와, 들어보니 정말 바쁘게 사시는군요. 왜 그렇게 자신을 바쁘게 만드세요?"

"왜냐고요? 그, 그건 당연히 좀 더 충만한 삶을 살려고 그런 거죠!"

손님은 참지 못하고 '쳇' 하고 뱉어버렸다.

"그러면 손님은 충만한 삶을 살고 있다고 생각하세요?"

"Oh, of course!"

여자는 갑자기 훅 들어온 질문에 겉으로는 침착한 표정을 지었으나 안절부절못했다.

"사람은 시간을 효율적으로 사용해야 하고, 자신의 효율을 극대화해야 해요. Make the best of it. 그렇지 않으면 도태될 거라고요!"

여자는 사장이 느긋한 얼굴로 세탁하는 모습이 눈에 영 거슬렸다. 그녀는 최근 몇 년간 사무실에 새로 들어온 후배들을 떠올렸다. 그 친구들은 하나같이 일에 전혀 적극적이지 않고 정시 퇴근만을 요구한다. 겉으로는 느긋한 삶에 만족하는 것처럼 보이지만 사실은 위기의식이 전혀 없는 것이다. 그들은 삶에 진취적이지 않고, 퇴근 후 여기저기 맛있는 음식을 먹으러 다니고, 사진 찍고 놀러 다니기 바빴다. 돈을 모으지 못하는 것도 당연했다. 그녀의 눈에는 그저 세상 물정 모르고 어려서부터 부모의 보살핌을 지나치게 받고 자라 생존 능력이 거의 없는 것으로밖에 보이지 않았다.

그러나 그녀는 달랐다. 어려서부터 무능한 아버지를 보면서 스스로의 능력으로 살아가야 한다는 사실을 일찍 깨쳤다. 가방끈이 짧은 어머니는 그녀와 남동생 둘 다 공부시킬 힘이 없었고, 부모님이 아들을 선택하는 바람에 그녀는 전문대에 다니는 내내 아르바이트를 해야 했다. 학자금 대출을 빨리 갚기 위해 취업을 열심히 준비했고, 학생 때부터 아르바이트하던 외국계 회사 사장의 눈에 띄어 졸업하자마자 정규직이 됐다. 일반 학교를 졸업하고 외국에 나가본 적도 없는데, 영어를 유창하게 구사하는 덕에 해외 유학파라는 오해를 받기 일쑤였다. 그녀는 이런 오해가 오히려 자랑스러웠다.

그녀는 자신의 인생은 자신에게 달렸다고 굳게 믿었기에 노력해야만 했다. 노력하지 않고 어떻게 인생을 바꾼단 말인가? 누구에게나 똑같은 하루 24시간이 있지만, 그녀는 운명이 불공평하고 인생의 기회가 평등하지 않다는 것을 잘 알고 있었다. 그래서 자신의 시간을 두 배로 활용해서야 비로소 이런 불평등을 뒤집을 수 있었다.

스물여섯이 되던 해에 그녀는 처음으로 계약금을 마련하여 자신을 위해 시내에 작은 집 한 채를 산 다음 다시 세를 놓았다. 웃프게도 비록 자신은 셋방살이를 하고 있지만, 사정을 모르는 사람의 눈에는 남들의 부러움을 받는 월세 받는 임대인이 된 것이다. 그녀는 일을 좀 더 해서 2년 후에 시세가 오르면 지금 가진 집을 팔고, 좀 더 큰 집을 사서 혼자 살 계획이다. 그리고 남부에 사는 엄마를 데려와 부모의 지원을 못 받은 딸이 지금 얼마나 멋지게 살고 있는지 보여줄 것이다.

여자는 사장의 질문이 다소 불쾌했다. 그가 마치 자신을 의심하는 것처럼 보였다.

"What? 일에 대한 제 태도를 의심하시는 건가요? 아니면 제가 그냥 해본 말이라고 생각하시나요?"

여자는 솔직하게 불쾌함을 드러냈다.

"아니, 아니요! 죄송합니다. 그런 뜻이 아니었어요. 오해하게 만들어서 죄송해요. 저는 손님이 일에서 큰 성취를 이뤘을 거라고 믿어요. 다만 이렇게 열심히 살고 있는데 과연 본인의 삶에 만족하시는지가 궁금했어요."

"그건……."

이 질문에 그녀는 말문이 막혔다. 자신도 모르게 가슴이 답답해지는 느낌이 들었다. 일에만 매달려서 영원히 즐겁기만 하다면 좋을 테지만, 확실히 요즘 들어 마음이 쉽게 지쳤다. 근무 시간은 늘기만 하고 전혀 줄지 않았다. 월급은 갈수록 오르는데 왠지 모를 공허함이 여전히 마음을 짓눌렀다.

"꼭 그런 건 아니지만, 이건 Work잖아요! 일이라는 건 시간을 파는 대신 합당한 보수를 받는 건데, 어떻게 영원히 만족할 수 있겠어요? 그리고 사람이 로봇도 아닌데 힘든 게 당연하잖아요!"

그녀의 얼굴에 다시 긴장감이 드리웠다. 탁자 위의 태블릿PC를 들어 올리고 의자에 등을 기댔다. 그러고는 일에 몰두하듯이 화면을 바쁘게 휙휙 넘겼다. 정말 일 때문에 바쁜 건지 아니면 뭔가로부터 회피하고 싶은 건지 알 수 없었다.

"그럼 너무 힘들 땐 휴식을 취하시나요?"

사장은 여전히 고개를 들지 않고 천천히 물었다.

"쉬냐고요? Are you joking? 그럴 여유가 어디 있어요? 제가 말했잖아요. 할 일을 다 하기에도 시간이 부족하다고요!"

손님은 고개를 숙인 채 평온한 목소리로 말하며 애써 감정을 눌렀다.

"시간을 꽉 채워서 충만함을 느끼려 하지만, 때로는 공허함이 느껴지죠?"

"그건……."

그녀는 사장의 거듭된 질문에 마치 속마음을 간파당한 듯 태블릿 화면에 집중하지 못하고 그저 사장을 노려볼 수밖에 없었다.

"늘 시간을 꽉 채워서 충만함을 느끼려고 하는데도 공허하고 허전함을 느낀다면 되려 '시간을 너무 꽉 채워서' 문제가 된 게 아닐까요?"

"무슨 뜻이죠?"

"무리하게 일정을 꽉 채워서 바쁜 게 정말 바쁜 건가요, 아니면 바쁜 척을 하는 건가요?"

손님은 눈을 가늘게 뜨고 화난 얼굴로 그를 노려보았다. 하지만 그의 일관된 미소와 부드러운 목소리에 어떤 대꾸도 할 수가 없었다. 아까부터 지금까지 그를 노려본 게 벌써 몇 번째인지 셀 수조차 없었다. 만약 다른 세탁소에 갈 수 있었다면 진작에 여길 떠났을 것이다. 정말 할 말이 있는 거라면 그냥 좋게 말하면 되지 않을까? 꼭 이렇게 계속 질문을 해서 사람을 물에 젖은 수건 비틀듯 쥐어짜야 하냔 말이다.

그녀는 마치 발가벗겨진 듯한 느낌이 들어 매우 불안했다.

자, 그만두자. 다시 업무 보고 준비나 해야지.

"결국 시간이란 게 뭘까요?"

사장이 웃으며 계속 물었다.

손님은 아무 대답도 하지 않았지만, 속에서는 토할 것 같은 답답함을 느꼈다. 대답하기 싫은 듯 보였겠지만 사실 속마음을 완전히 들킨 것처럼 불안하고 괴로웠다.

"아니면 사람이 정말로 시간의 존재를 증명할 수 있는지를 물어봐야 할까요?"

"무슨 말도 안 되는 소리죠? 시곗바늘이 매분 매초 움직이는 게 바로 Proof 아닌가요? 아니면 휴대전화를 꺼내 보세요. 숫자가 계속 올라가고 있죠. 그게 바로 시간이에요."

"시간은 사실 현대인이 만들어낸 추상적인 개념이죠. 수천 년 전 아프리카 나일강변에 살던 누어족은 시간을 말할 때 몇 시 몇 분이라고 말하지 않고, '해 질 녘에 만나자'고 약속하거나 '우유를 짠 후에 떠나야 한다'라고 말했어요. 그곳 사람들은 시간을 숫자가 아니라 생활 속에 일어나는 일들을 가지고 묘사한 거죠."

사장은 철학책에서 봤던 시간에 대한 묘사를 떠올리고 말했다.

"숫자를 사용하지 않고요?"

생전 처음 들어보는 말에 손님은 호기심이 생겼다.

"네, 맞아요. **시간은 사실 추상적인 개념이에요. 누구도 시간을 진짜로 가져본 적이 없고, 그래서 낭비하고 말고 할 것도 없어요. 더욱이 시간을 꽉 채우는 것과 비우는 것의 차이도 없죠.**"

"그 말은 내가 매일 정신없이 시간을 꽉 채워 사는 게 Fooling

myself, 그러니까 시간을 낭비하지 않는다고, 충실하게 살고 있다고 자신을 속이는 거라는 말인가요?"

"아뇨. 제 말을 오해하셨어요. 시간은 계량화나 디지털화될 수 없는 개념이기 때문에 아무도 시간을 가질 수 없어요. 그래서 일을 안 하는 시간은 삶에서 '**일을 안 한 부분**'으로 남는 거예요. 이건 '**시간의 공백**'이 아니라 단지 내 삶의 보조에 맞춰 걷고 있을 뿐인 거죠."

"그게 하는 일 없이 시간 낭비하는 것 아닌가요? 그거야말로 공허한 거죠!"

"공허한가요? 오히려 저는 일부러 한동안 아무것도 안 해보니 나중에 바빠졌을 때 훨씬 실감 나고 진정한 충만함을 느끼게 되던걸요."

"진정한 충만함이라……."

여자는 생각에 잠겨 이 의미심장한 대화를 곰곰이 되짚어 봤다.

직장에서의 만족을 좇은 지 수 년이 지났는데, 그게 정말 자신을 풍요롭게 만들었을까? 지난 몇 년간 아파서 일을 못 할 때 빼고는 계속 쉼 없이 바쁘게 살기만 했다. 그렇다면 스스로 정말 '바쁘지 않음'의 단점을 말할 수 있을까?

세탁소 사장은 반쯤 깨끗해진 셔츠를 건네주었다.

"손님이 가져온 흰 셔츠에 묻은 잉크 얼룩이 눈에 띄는 것도 주변이 아주 깨끗해서예요."

"대비되어야 더 잘 보인다는 거죠?"

"그렇다고 볼 수 있죠! 매일 바쁘게 살고 있지만, 여전히 이런 것들이 손님에게 충만함을 주지 못한다면, 반대로 삶에 약간의 여백을 주는 건 어떨까요? 그러면 손님이 정말 바빠져야 할 때 오히려 바쁨을 즐길 수 있고, '**진정한**' 충만함을 느낄 수 있을 거예요."

"어떻게 그러죠? 다 비우고 나면 아무것도 없을 텐데 어디서 충만함이 오는 거죠?"

손님은 설득당하고 싶지 않았다.

사람은 한번 일상적인 시각으로 세상을 이해하게 되면 그것을 바꾸기가 어렵다. 그녀는 일찍이 경험을 통해 사람은 행동해야 비로소 살아 있는 것임을 깨달았다. 느려지거나 멈추면 곧바로 추월당한다. 그녀의 세계는 《이상한 나라의 앨리스》에서 하트 퀸이 말한 것처럼 같은 위치를 유지하기 위해 앞으로 계속 달려야 하고, 앞으로 나아가려면 지금보다 두 배 빨리 달려야 했다. 그래서 그녀는 회중시계를 차고 힘껏 달리는 흰 토끼가 되어 시간의 물결 위를 질주해 왔다. 그녀는 '꿈'을 좇기보다는 무시당할 '두려움'에서 벗어나고 싶었던 것 같다. 수년간 그녀는 하이힐을 신고 '두려움'에 떠밀려 맹렬히 달려왔다. 발목을 삐고 살갗이 벗겨져도 멈출 수 없었다. 확실히 이런 삶이 점점 버거워지고 있지만, 그러면 좀 어때? '달리지 않아야' 더 잘 살 수 있다고 어느 누가 장담한단 말인가?

세탁소 사장이 말한 '비워야 비로소 충만해진다'라는 말은 감히 상상할 수도 없었다.

사장은 일어나서 옆에 있던 작은 궤짝을 열더니 깡통 하나를 꺼내 손님에게 건넸다.

"자, 열어서 뭐가 있는지 한번 보시겠어요?"

손님은 사장 말대로 깡통을 열고 안을 들여다봤다.

"안에요? 아무것도 없잖아요! Nothing!"

"없나요? 냄새를 한번 맡아보세요."

"와, 커피 향이네. 향긋해요. Very nice."

"맞아요. 아침에 제가 마지막 남은 원두를 다 썼어요. 그러니 이 캔이 비었다고 말할 수도 있지만, 커피 향으로 가득 찼다고 말할 수도 있죠. **'비었다'라고 해서 꼭 빈 것만은 아니에요.** 우리가 생각하는 '여백'도 어쩌면 보이지 않는 것으로 이미 가득 차 있을 수 있어요."

아무것도 없는 게 아니라 '여백'으로 가득 차 있다.

갑작스러운 깨달음에 여자는 생각에 잠겼다. 사람들은 늘 눈에 보이고, 들리고, 손에 닿아야 존재한다고 생각한다. 그러면 반대로 존재하지 않는다고 해서 정말 '없는' 것일까?

순간 그녀의 머릿속에 한 장면이 떠올랐다. 바로 그녀가 부모님

집에서 독립해 나오기 전날 밤에 엄마가 손에 억지로 통장을 들려 주던 순간이었다. 엄마는 그게 그녀를 위해 어릴 때부터 모아온 거라고 말했다. 그 통장은 지저분했고 예치된 금액도 터무니없이 적었다. 딱 봐도 일고여덟 페이지는 되는 통장이었는데, 입출금 내역은 첫 번째 페이지에 그쳤고 그 뒤로는 텅 비어 있었다.

눈빛이 싸늘해질 정도로 적은 금액이었다. 엄마는 어떻게 이걸 날 위해 어릴 때부터 모아온 것이라고 말할 수 있을까? 그녀는 시큰둥한 표정으로 꼼짝도 하지 않았다.

지금 돌이켜 보면 그 통장에는 입금한 내역만 있고 출금한 내역은 없었다. 그토록 더러워진 건 아마도 아버지에게 들킬까 봐 엄마가 앞치마 주머니에 꼭꼭 숨겼기 때문일 것이다. 이리 뛰고 저리 뛰어야 겨우 하루를 살아갈 수 있던 엄마에게 통장에 가득한 '여백'은 어쩌면 노력의 시간이었을 수도 있다.

그녀는 갑자기 엄마가 시장에서 장사하던 모습이 떠올랐다. 좌판 위의 채소 바구니가 다 비었을 때 엄마가 가장 환하게 웃었던 기억이 났다. 그 '비움'은 가장 아름다운 비움이었다. 그녀는 자신이 이렇게 가득 채우려는 것이 도태되는 게 두려워서가 아니라 가난해지는 것이 두려워서일 거라고는 단 한 번도 생각해 본 적이 없었다. 엄마처럼 능력이 부족하면 살아갈 수 없을 것 같아서 두려웠다. 하지만 그녀는 엄마의 노력과 고생을 간과했다. 그 모든 게 자식을 위한 사랑이었다면, 자신은 뭘 위해서 채우려는 걸까? 지금처럼 계속 꾹꾹 채우기만 하면서 바쁘게 살다가 과연 언제쯤 충분하다고 생각하게 될까? 언제 멈출 수 있을까?

손님은 눈에서 눈물이 차올라 얼른 몸을 돌려 탁자 위의 티슈를 한 장 뽑았다.

사장은 계속 셔츠에 집중하며 말없이 기다렸다.

"사장님 말씀이 그럴듯하면서도 사실은 아닌데, 또 틀린 말 같지도 않네요."

사장이 미소를 지었다.

"그럼…… 그 다음은요?"

손님이 이어서 물었다.

"다음이요? 다음은…… 없어요. 자, 셔츠 다 됐으니 한번 보세요."

"Wow? Amazing! 얼룩이 없어졌네요."

손님이 자세히 들여다보며 말했다.

"와, 사장님 실력이 대단하세요. 좀 전까지도 큰 잉크 자국이 있었는데."

그녀는 사장의 기가 막힌 솜씨에 감탄했다.

"하하, 사실 돋보기로 자세히 보면 섬유에 남은 얼룩이 보이긴 할 거예요. 단지 지금 깨끗해 보이는 건 그 전의 기억과 달라져서 그래요. 지금은 아까보다 훨씬 하얗게 되었으니 바뀌었다고 느끼는 거죠. 이게 바로 시간이 우리에게 남긴 증거예요. 이런 일을 기억하는 것도 전부 각자의 생각에 달렸어요."

손님은 곤혹스러운 표정을 지었다.

"어떤 사람들은 시간이 결코 현실에 존재하지 않고 오로지 기억을 통해서만 존재한다고 말해요. 왜냐하면 어떤 순간의 전과 후의 차이로 인해 '시간 감각'이 만들어지기 때문이에요. 전후의 기억이 다르면 느끼는 바가 달라지고, '시간의 변화'를 만들어내죠. 하지만 기억은 원래 허무한 인상이고, 시간처럼 측정할 수 없는 데다 실제로 관찰하고 기록할 수도 없어요. 그래서 사실적인 느낌, 아름다운 기억, 충실한 시간이 사람들의 삶 속에서 차근차근 움직이며 속도와 변화를 느끼게 하죠. 그리고 각자 이걸 어떻게 소화하느냐에 따라 다르게 느껴진답니다."

"자신의 시간 속에서…… 기억의 변화를 느낀다……."

손님은 곰곰이 생각을 이어갔다.

"변화요? 변화가 뭔데요?"

"제 생각에 손님의 삶은 영원히 바쁠 것 같아요. 그런데 삶이 꽉 차면 뭘 더 넣을 수 있을까요?"

"지금 저보고 Slow down 해야 한다고 말하고 싶은 거죠?"

어느새 그녀는 이런 생각이 더는 불편하지 않았다.

"바쁘게 사는 삶이 사실은 만족스럽지 않으시죠?"

"맞아요. 그런데 만족하지 못할수록 더 바빠져야 한다고 생각해요. 시간은 유한하잖아요. 제가 뭘 더 어떻게 할 수 있겠어요?"

손님은 어쩔 수 없다는 표정을 지었지만, 한결 부드러운 표정이었다.

"이미 꽉 찼는데도 만족스럽지 않다면 일부러 바쁘지 말아 보세요. 그러니까 '바쁘게 쉬는' 거죠. 어차피 손해 볼 것도 없지 않아요?"

"바쁘게 쉬라고요? 정말 재밌는 생각이네요!"

손님은 미소를 지으며 대답했다. 그러면서 조금 전에 건네받은 셔츠를 챙겼다.

인생은 늘 이렇다. 더 나은 상황을 가지려면 원래의 모습에서 벗어나야 한다. 일단 틀에 갇힌 생각에서 벗어나야 생각과 몸과 마음이 새로운 편안함을 얻을 수 있다. 어쩌면 앞으로 속도를 늦추는 법을 계속 연습해야 할지도 모른다. 최근 몇 년간 제대로 쉬어본 적도 없고, 자신이 바쁘게 일하는 의미가 무엇인지도 제대로 생각해 본 적이 없었다.

생각이 여기까지 미치자, 손님은 세탁소 사장이 과거에 분명 어떤 대단한 경험을 했을 거라는 확신이 들었다. 그렇지 않고서야 어떻게 이런 철학적인 말을 해줄 수 있겠는가.

"사장님과 대화하는 게 정말 재미있군요. 혹시 숨겨진 다른 신분이 있는 건 아니겠죠?"

그녀는 점점 더 자신의 추측을 확신하게 되었고, 세탁소 사장이 분명 어떤 비밀스러운 신분을 감췄을 것이라 생각했다. 인간은 어디까지나 편견을 갖기 쉬운 동물이며, 일단 자신의 추측을 확신하면 그걸 기준으로 주변의 모든 것을 판단하고 예외의 가능성을 없앤다. 하나의 편견이 깨지더라도 또 새로운 편견이 계속 생겨난다.

"아뇨, 저는 그냥 빨래하는 사람이에요!"

"그래요?"

손님이 믿을 수 없다는 듯이 웃었다.

"다음에 또 이야기 나누러 올게요! 왠지 모르게 사장님과 오늘 이야기하면서 제가 한결 여유로워진 것 같아요."

"그럼 다시 찾아주시기를 기다리겠습니다."

세탁소를 나온 손님은 마침 '얌전'이를 데리고 돌아오는 샤오루와 마주쳤다. 두 사람의 눈이 마주치자, 손님은 입꼬리를 살짝 올리며 샤오루에게 부드러운 미소를 지어 보였다. 그러면서 속으로 생각했다. 오늘 늦게라도 일이 끝나면 집에 한번 다녀올까?

샤오루는 의아한 표정을 지으며 세탁소로 들어와 커피잔을 정리하는 사장에게 말했다.

"사장님, 방금 저 손님하고 무슨 일 있었어요? 아까랑 표정이 완전히 달라졌어요. 홀가분한 표정이던데요?"

의심스러운 눈으로 쳐다보는 샤오루에게 사장은 아무런 대답도 하지 않았다. 그저 평소처럼 의미심장한 미소를 지으며 카운터에서서 창밖에서 쏟아져 들어오는 햇빛을 바라봤다. 어쩐지 그의 머릿속에 시간의 '간(間)'이라는 한자가 떠올랐다.

간이란 사물과 사물 사이의 공간을 의미하며, 문이 닫힐 때 그 사이로 한 줄기의 햇빛이 들어오는 가는 틈과 같다.

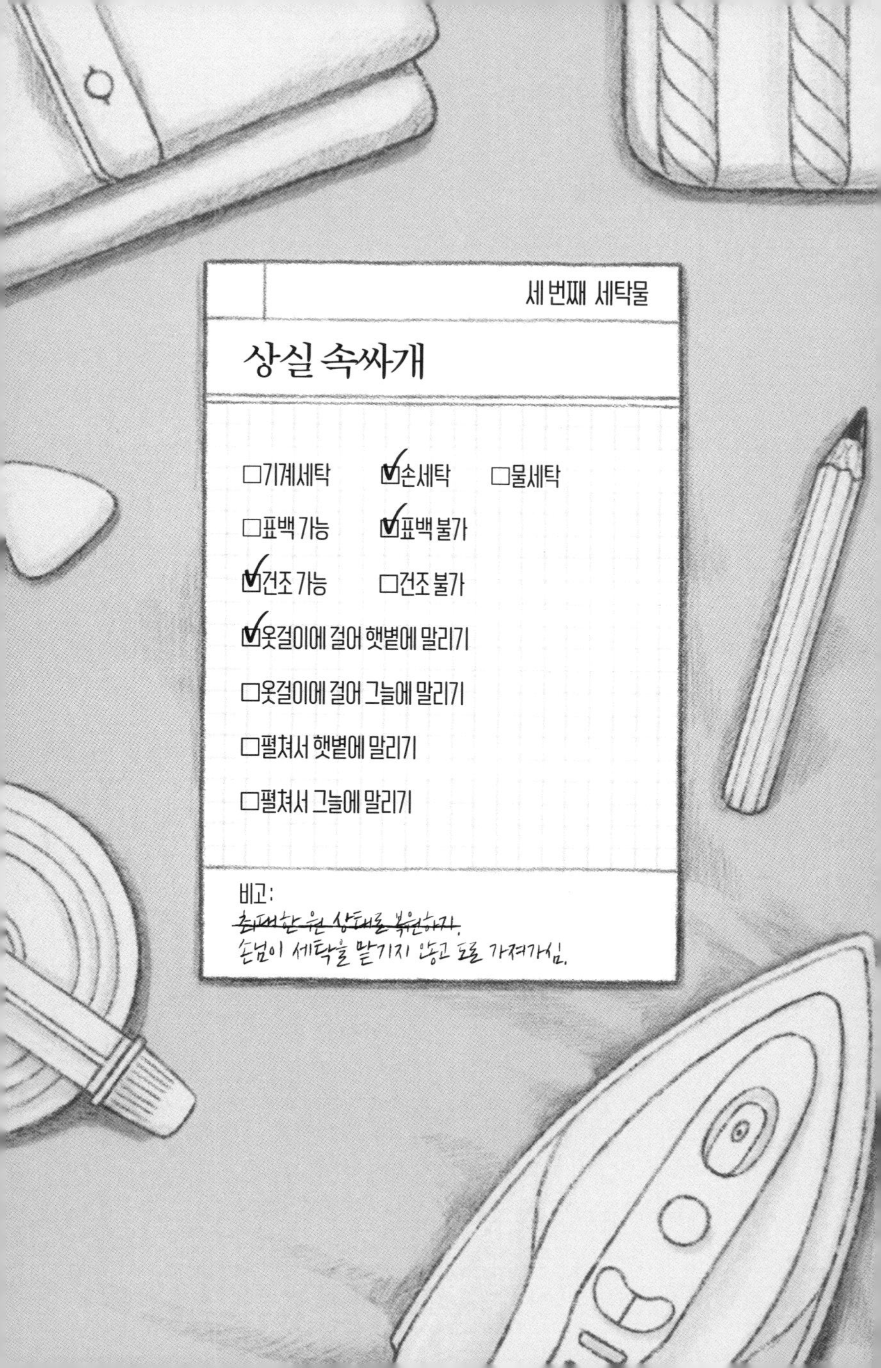
세 번째 세탁물
상실 속싸개
□기계세탁 ☑손세탁 □물세탁
□표백 가능 ☑표백 불가
☑건조 가능 □건조 불가
☑옷걸이에 걸어 햇볕에 말리기
□옷걸이에 걸어 그늘에 말리기
□펼쳐서 햇볕에 말리기
□펼쳐서 그늘에 말리기
비고:
~~최대한 원 상태로 복원하기.~~
손님이 세탁을 맡기지 않고 도로 가져가심.

"사장님, 좋은 아침이에요!"

가오 사장이 세탁소의 오래된 철제 미닫이문을 열자마자 마당 밖에서 낭랑한 여자아이의 목소리가 들려왔다. 밖을 살피지 않아도 누가 왔는지 알 수 있었다. 사장의 거듭된 단호함에 샤오루는 그를 '가오 씨'가 아니라 예의 바르게 '사장님'이라 불렀다.

"좋은 아침. 오늘은 토요일인데 이렇게 일찍 왔어?"

흰색 면 티셔츠를 입은 샤오루가 유유히 마당으로 들어섰다.

"어쩔 수 없었어요!"

샤오루는 입을 삐죽 내밀고 최근에 엄마와 함께 본 사극 속 말투를 따라 했다.

"모친의 명을 받들어 이 물건을 속히 전하기 위해 오백 리 길을

급히 달려왔사옵니다."

그녀는 들고 온 반찬통을 사장에게 건넸다.

"엄마가 사장님 드리려고 밤새 만든 우리 집 비법 요리예요. 바로 말고 냉장고에 이틀 정도 뒀다가 드시래요."

샤오루가 세탁소를 들락날락하기 시작한 뒤로 가오 사장은 샤오루의 가족들과도 가까이 지내게 되었다. 얼마 전에는 샤오루의 어머니가 오래된 옷들을 정리해 달라고 부탁해서 놀라기도 했었다.

"엄마가 사장님이 낡은 옷을 전부 새 옷처럼 바꿔주셔서 정말 감사하다고 하셨어요. 옷 살 돈을 아꼈다고요."

가오 사장은 반찬통을 받으며 수줍게 웃었다.

"사실 별거 아니야. 십 년 넘은 옷들인데 어머니께서 관리를 잘 하셨더라고. 난 그냥 색깔만 복원했을 뿐이란다. 그 후로 손님들을 많이 소개해 주셔서 오히려 내가 더 감사하지."

"어? 얌전이는요?"

샤오루가 주위를 두리번거리며 물었다. 올 때마다 그 늙은 개를 놀리는 재미가 있었는데, 오늘은 그림자도 보이지 않았다.

"아마 뒤편에서 쉬고 있나 봐. 아침에 비가 와서 공기가 끈적거리니까 아마 팔자 좋게 선풍기 앞에 엎드려 있을걸."

샤오루는 귀가 늘어진 얌전이가 나른하게 자갈 바닥에 엎드려 시원한 바람을 쐬는 모습을 떠올렸다.

'영업중' 팻말을 걸고 두 사람은 함께 세탁소 안으로 들어갔다.

"이렇게 일찍 오다니, 아침은 먹었니? 팬케이크라도 한 장 구워 줄까?"

샤오루가 미처 대답하기도 전에 끼익 하고 녹색 방충문이 천천히 열렸다.

사장과 소녀는 동시에 문 쪽을 바라봤다.

"실례합니다. 여기가 세탁소 맞나요?"

수수한 옷차림의 30대 정도로 보이는 한 여자가 신발상자 크기의 종이봉투를 들고 들어왔다.

"네! 안녕하세요. 혹시 세탁 맡기려고 하시나요?"

대답을 한 사람은 샤오루였다.

"이걸 좀 세탁하고 싶어서요."

손님이 봉투에서 종이상자를 꺼내 조심스럽게 열었다. 그 안에는 단정하게 접힌 아기 속싸개가 들어 있었다.

세탁소 사장은 꼼꼼하게 보관된 속싸개를 바라보았다. 아기 속싸개를 세탁소에 맡기는 경우는 드물었다. 속싸개의 모서리가 약간 노랗게 변색되고 귀여운 패턴의 프린트가 옅어진 걸로 보아 꽤 오랫동안 사용한 물건 같았다.

"와, 이거 아기 거예요? 귀여워라!"

속싸개 겉의 프린트는 이미 흐려졌지만, 소녀는 귀여운 물건을 보고 반한 모양이었다.

앞에 있던 손님의 눈빛에 일순 상실감이 스쳤다.

사장은 손님의 눈빛이 이상하다는 것을 알아차리고 얼른 샤오루에게 말했다.

"그, 샤오루, 오늘 남아서 도와줄 수 있지?"

소녀는 고개를 끄덕였다.

"그럼 우선 마당 청소 좀 부탁해! 아침에 온 소나기 때문에 꽃잎이 땅에 다 떨어졌지 뭐니."

사장은 샤오루에게 온화한 미소를 지으며 눈짓을 보냈다.

이제 샤오루는 세탁소 사장의 뜻을 바로 알아차릴 만큼 이곳에서 상당한 시간을 보냈다. 샤오루는 호기심을 억누르고 진지한 얼굴로 고개를 끄덕이고서 밖으로 나갔다. 이제 세탁소 안에는 사장과 손님 둘만 남았다.

"저기, 혹시……."

손님이 입을 열었다.

"네, 말씀하세요."

사장이 자세히 보니 젊은 손님의 미간에 내 천(川) 자 모양의 주름이 깊게 패어 있었다.

"정말 물건을 새것처럼 세탁해 주실 수 있나요? 밖에서 저 아이가 하는 말을 들었어요."

사장은 대답 없이 미소를 지어 보였다.

"이 속싸개는 꽤 오래된 물건이에요. 여기 보시면 가장자리가 점점 더 노랗게 변해서요. 친구가 이곳을 추천하면서, 이 세탁소를 거친 옷은 마법처럼 원래 모습을 되찾는다고 하더라고요……. 혹시 이것도 원래 모습처럼 깨끗하게 만들어주실 수 있나요?"

사장은 곱게 갠 속싸개를 자세히 들여다보았다.

"사실 원래의 색을 되찾는 게 불가능한 건 아닙니다."

"정말요?"

손님의 두 눈이 커지고 표정이 밝아지면서 원래의 근심스러운 얼굴도 다소 누그러진 듯 보였다.

"단지……."

사장은 말을 잠시 멈추고 뭔가를 결심한 눈빛으로 천천히 입을 열었다.

"단지…… 이 속싸개를 새것처럼 깨끗하게 세탁한다고 해도 처음의 모습과 똑같을 수는 없어요."

부인은 멍해진 얼굴로 손을 뻗어 속싸개를 어루만졌다. 천천히 부드럽게 어루만지는 손끝이 살짝 떨렸다.

"처음 그 모습하고 달라도 상관없어요. 인생이라는 게 원래 다시 돌아오지 않으니까요. 저는 그냥 조금만 더 비슷해지면 돼요. 조금만……."

손님의 눈시울이 붉어지기 시작했다.

...

결혼 초기에 웨이전(惟臻)과 남편은 아이를 빨리 낳을 생각이 없었다. 그녀는 항상 우스갯소리로 둘이 신혼을 즐겼으면 좋겠고, 남편이 자기만 사랑했으면 좋겠다고 말했다. 만약 아기를 낳으면 남편의 사랑을 온전히 독차지할 수 없다면서 말이다. 하지만 남편은 외아들이었고, 21세기인 오늘날에도 집안의 대를 이어야 한다는 가치관이 여전히 사회에 뿌리박혀 있었다. 외아들을 가진 부모 생각에는 며느리가 '아이를 낳아 기르는 것'은 당연한 의무였지만, 요즘 사람들은 대를 잇는 것의 중요성을 크게 느끼지 않았다.

"너희가 지금처럼 젊고 체력이 좋을 때 아이를 낳아야 해. 안 그럼 나중에 낳고 싶을 때 체력이 없고, 아이가 사춘기 때 너희가 갱년기를 맞아서 더 힘들어질 거야."

"아이를 키우는 건 노후를 대비하기 위해서가 아니라 너희 자신에게 좋은 추억을 만들기 위해서야."

"아이고, 너희 부부가 이렇게 선남선녀인데, 아기가 태어나면 분명 예쁠 거야. 안 낳기엔 너무 아까워!"

"신혼 때야 당연히 재밌지. 그런데 시간이 갈수록 지루해질 거다. 아이들이 있어야 훨씬 활기가 생길 거야."

주변에서 이런 말들이 자꾸 들려와서인지 웨이전도 점차 생각이 바뀌었다. 어차피 임신하는 게 그리 쉬운 일도 아닌데, 임신하겠다고 마음먹는다고 바로 되겠어? 그러나 운명의 장난인지, 간절하게 기다리는 사람한테는 먼 길을 돌아가게 하면서 크게 신경 쓰지 않는 사람에게는 쉽게 결과를 가져다주었다. 사람들 모두 임신하는 게 쉽지 않다고 하던데, 웨이전은 곧바로 임신을 해버린 것이다!

"복권도 이렇게 쉽게 됐으면 좋겠다."

그녀는 두 줄이 나타난 임신 테스트기를 쥐고 남편에게 웃으며 불평했다.

모든 게 너무 순조롭기만 했다. 임신 기간 동안 웨이전은 변화에 어떻게 적응할지에 대해 고민할 시간조차 없었다. 크고 작은 각종 산전 검사와 예비 부모를 위한 학습 과정, 신생아 옷 구입, 아기방 꾸미기 등등. 여기에 양가의 극진한 보살핌까지 더해져 그녀는 점점 엄마가 된다는 느낌을 즐기게 되었다.

이런 말이 있다. '임신부터 출산까지 몸이 덜 아프거나 큰 통증을 겪지 않았다면, 그 아이는 분명 은혜를 갚기 위해 온 천사다.' 웨이전의 아이는 은혜를 갚으러 온 천사임이 틀림없었다. 임신 초기에 흔히 겪는 메스꺼움이나 입덧, 심지어 중후기에 나타나는 다리 부종과 경련도 겪지 않았고, 출산 전에 조짐이 나타나고부터 아이를 낳을 때까지의 과정도 그리 오래 걸리지 않았다.

아기가 나온 그 순간, 분만실에서 아기의 "으앙" 하는 울음소리가 그녀의 고막을 똑똑히 때렸다.

산부인과 의사가 태어난 지 몇 분이 채 되지 않은 부드럽고 따듯한 아기를 품에 안겨주었을 때, 그녀는 눈물을 참지 못했다.

"못생겼네!" 웨이전은 쭈글쭈글한 아기의 얼굴이 싫으면서도 엄마가 되었다는 사실에 감동의 눈물이 제멋대로 흘렀다.

내가 엄마라니!

이토록 연약한 생명은 앞으로 그녀와 단단히 묶일 것이다.

그녀의 남편은 곁에서 그녀의 어깨를 꼭 껴안고서 차마 그 연약하고 작은 몸을 만져보지도 못했다. 그저 거친 엄지손가락으로 아내의 얼굴에 흐르는 눈물을 닦아주었다.

출산 후의 모든 호르몬이 웨이전의 모성을 자극했으며, 그녀는 마음속으로 온 힘을 다해 이 연약한 생명을 보호하고 모든 비바람을 막아주겠다고 맹세했다.

그 순간부터 웨이전은 더 이상 천진난만한 젊은이가 아니었다.

그녀의 삶은 아이가 생긴 후로 정신없이 바빠졌지만 그만한 보람과 충만함을 만끽했다.

"여자는 그래도 자기 일이 있어야지. 아이는 보모에게 맡겨도 괜찮아."

웨이전의 엄마가 몇 번이나 설득했지만 딸의 고집을 꺾을 수 없었다.

"내가 낳기 싫다고 할 때는 다들 나를 꼬드겼잖아. 이 아이는 내가 낳았어. 키우는 건 내 방식대로 하게 좀 내버려둘 수 없어?"

웨이전은 부모의 반대를 무릅쓰고 직장을 그만두고 아이를 직접 돌보겠다고 고집했다.

…

"사장님은 상실감을 경험한 적이 있나요?"

세탁소의 카운터 앞에 선 웨이전은 눈빛이 어둡고 목소리에 힘이 하나도 없었다.

"'상실감'이요? 손님이 겪은 것과 비슷할지는 모르겠지만, 사람은 누구나 살아가면서 영원히 곁에 두지 못하는 관계를 겪지 않을까요?"

사장의 목소리는 침착하고 설득력 있어서 웨이전은 그도 역시 같은 경험이 있다고 생각하게 되었다.

"사장님도 아이가 있으시죠?"

그녀는 궁금함을 참지 못하고 물었다.

"없습니다. 죄송하게도."

"그럼 제가 말한 상실감을 어떻게 이해하신다는 거죠?"

웨이전이 불만스러운 표정으로 물었다.

"음, 분명 이 세상에서 어떤 두 사람의 감정이 완전히 똑같을 수는 없을 겁니다. 제 경험이 손님의 경험을 대신할 수 없듯이요."

사장이 주위를 둘러보며 말했다.

"하지만 가끔은 저도 이곳의 물건들이 저에게 왔다가 가는 거라고 생각해요."

"아니, 아니에요. 그거랑은 아예 달라요! 이곳의 물건들은 전부 손님들이 맡기고 간 거니까 임시로 보관하는 거잖아요. 하지만 전, 원래는 내 것이었는데, 결국…… 눈앞에서 떠났다고요. 이런 상실감이 뭔지나 아세요?"

웨이전의 목소리가 커지면서 억눌렀던 분노가 쏟아져 나왔다. 밖에서 비질하던 샤오루마저 행동을 멈추고 창문으로 안을 들여다봤다.

"아, 그러네요. 정말 다르겠네요. 평생 함께할 줄 알았던 물건이 갑자기 사라지면 분명 너무나 고통스러울 것 같아요."

사장의 말투는 부드럽고 차분했다.

"그냥 고통스러운 게 아니에요! 칼로 살을 에는 듯한 아픔이란 말이에요."

웨이전의 눈가에 차올랐던 눈물이 순식간에 뚝뚝 떨어졌다.

고통은 언제나 주관적이다. 모든 사람의 상처는 혼자만의 깨달음이다. 누구도 다른 사람에게 상대방의 상처를 온전히 이해한다고 말할 자격이 없다.

사장은 웨이전이 다시 입을 열 때까지 그저 말없이 기다렸다.

"사장님은 아이가 없다고 하셨죠? 그러면 운이 좋은 거예요. 혈육을 직접 보내주는 아픔을 겪지 않을 테니까요."

그녀는 속싸개를 더욱 세게 움켜쥐었다.

"누구나 자신의 이야기가 있고, 자신만의 어려움이 있어요. 원하신다면 이 속싸개에 얽힌 이야기를 들려주세요."

사장의 이러한 제안이 웨이전은 의외로 싫지 않았다.

"이 세탁소의 역할은 모든 옷의 이야기를 들어주는 거예요. 제게 들려줄지 말지는 손님이 결정하시면 됩니다. 하지만 전 그저 들어드리는 것 외엔 해드릴 수 있는 게 없을 거예요."

...

하얀 바탕에 파란색 테두리를 두른 속싸개를 발견했을 때 웨이전은 매우 기뻤다. 귀여운 숲 패턴이 그려져 있고 색감이 따뜻하고 풍부했다. 여섯 겹의 순면 거즈로 짜여 둘둘 싸매기에도 좋고, 통기성도 뛰어났다. 가격이 좀 비쌌지만 웨이전은 망설임 없이 속싸개를 구매했다. 부모로서 아이에게 가장 좋은 것을 주고 싶었다.

아이도 이 속싸개를 너무 좋아했다. 점점 자라서 사용할 필요가 없어졌는데도 아이는 꼭 한쪽 귀퉁이를 잡고 있었다. 잠들 때에는 크고 네모난 속싸개가 반드시 필요했다. 낮이든 밤이든 이걸 만지지 못하면 아이는 울고 보챘다.

"아이고, 어쩌다 애가 이렇게 됐니? 이 속싸개가 없으면 아예 잠을 못 자잖니."

웨이전의 엄마가 가끔 와서 아이를 돌봐주었는데, 속싸개를 찾지 못할 때면 아이를 재우기 쉽지 않아 딸의 육아 방식에 불만을 털어놓기도 했다. 그러나 웨이전은 아이가 엄마가 주는 것만 좋아한다는 생각에 내심 기쁘기도 했다. 이 속싸개는 아이가 엄마를 깊이 사랑하는 증거라고 생각했다. 모자간의 유대는 가족관계보다도 강했다.

그러다 웨이전의 집안을 통째로 흔드는 큰 변화가 생겼다. 아이들은 때때로 아프다고 말하지만 나이가 어리고 표현력이 매우 부족하므로 어른들이 중요한 메시지를 놓치기 쉽다. 아이가 반복적으로 열이 나서 몇 번이나 병원에 간 후에야 큰일이 났다는 사실을 알게 되었다.

웨이전은 겨우 세 살도 안 된 몸이 불덩이처럼 뜨거울 수 있다는 사실에 깜짝 놀랐다. 안고 있으면 손이 데일 것 같았다. 온 마음을 다해 아이를 돌봤지만 갈수록 마음이 초조하고 불안해졌다. 마침내 의사가 공식적으로 진단을 확정했다.

'신경모세포종.'

그것은 웨이전이 살면서 들어본 것 중 가장 잔인하고 지독한 저주였다.

영아에게 주로 발생하는 이 암세포는 90퍼센트 이상이 5세 이전에 확진된다.

왜 이런 질병이 생기는지는 아무도 모르지만, 임신 중 배아 발달 과정에서 돌연변이가 생겨 발생하는 선천성 질환이다. 대부분 증상이 나타나기 전에 암세포가 전이되는 것으로 알려져 있다.

그 후 2년 동안 웨이전의 삶은 암세포가 아이를 공격할 때마다 겪는 고통과 화학치료로 인한 아이의 울음소리와 함께였다. 아픈 아이라고 해서 매일 울고불고 하는 것은 아니다. 고용량의 연속 치료가 끝난 후 아이가 심신이 지쳐 깊은 잠에 빠지는 순간이 웨이전에게 주어지는 찰나의 평온이었다.

아이가 잠들면 부부는 서로를 원망하기 시작했다. 아이를 위해 어떤 치료를 해야 할까? 일상생활은 어떻게 계획할까? 수입과 지출은 어떻게 맞출까? 암세포는 빠르고 맹렬한 기세로 다가오지만,

병에 맞서는 과정은 느리고 힘든 싸움이었다.

지난 몇 년간의 경험을 떠올릴 때마다 웨이전은 자신이 그 시간을 어떻게 버텼는지 알 수 없었다.

병실 밖에 서서 심호흡을 반복하고, 납덩이가 달린 것처럼 두 발은 점점 무거워졌다. 병실에 들어가야 한다는 사실이 갈수록 그녀를 짓눌렀고, 병실 문을 여는 손에 힘이 점점 빠졌다.

골수를 뽑기 위해 커다란 바늘이 아이의 연약한 등을 찔렀고, 그럴때마다 웨이전은 차마 볼 수 없어 고개를 돌렸다. 소독약과 눈물이 뒤섞여 나는 냄새는 아무것도 할 수 없는 엄마의 무기력한 냄새였다. 사람들은 엄마가 강해져야 아이가 이겨낼 수 있다고 했다. 하지만 암세포는 아이의 생명뿐만 아니라 웨이전의 용기도 좀먹었다.

삶의 고단함에 맞닥뜨렸을 때 어른보다 아이가 오히려 용기를 보여주기도 한다. 몇 번이나 엄마가 우는 모습을 본 아이는 작디작은 손으로 엄마의 얼굴을 어루만지며 순수한 눈빛으로 말했다.

"엄마, 나 의사 선생님 말 잘 들을 테니까 울지 마요."

분명히 어른이 아이를 위로해야 하는데, 오히려 아이에게 위로받은 것이다.

아이의 병세가 좋아졌다 나빠졌다 하는 동안 웨이전은 갈수록 무기력해졌다. 아이는 화학치료를 받는 동안 면역력이 약해져 하루가 멀다 하고 각종 바이러스와 세균에 감염되어 중환자실의 단골손님이 되었다.

중환자실 병동은 부모라 해도 매일 정해진 시간에만 아이를 보러 들어갈 수 있었다. 웨이전이 중환자실에 들어갔다가 다시 나오려고 할 때면 아이의 처량한 울음소리가 가슴을 후볐다. 아이는 자신이 말을 안 들어서 병실에 혼자 남겨지는 줄 알고 웨이전의 등 뒤에서 울먹이며 소리쳤다.

"엄마, 가지 마! 나 말 잘 들을게!"

매번 아이에게 네가 나빠서 아픈 게 아니라고 아무리 설명한다 한들, 세 살짜리 아이가 어떻게 이해할 수 있을까?

아이뿐만 아니라 어른도 이해할 수가 없었다. 아이의 병세가 심해질수록 남편의 귀가 시간도 점점 늦어졌다. 일이 바쁘다는 이유였지만, 사실 그는 아픈 아이와 불안해하는 아내, 치료에 따른 엄청난 경제적 압박을 마주할 자신이 없었다. 그는 자신이 뭘 잘못해서 아이를 낳고 난 뒤 인생이 송두리째 바뀌었는지 알 수가 없었다. 심지어 자신이 어른들 뜻대로 웨이전에게 아이를 갖자고 바람을 넣은 것이 잘못된 일이 아닌가 하는 의심까지 들었다.

"차라리 아이를 하나 더 낳자!"

어느 날 밤 그는 반쯤 떠보면서 웨이전에게 농담처럼 물었지만, 되려 큰 부부싸움을 낳았다. 웨이전은 남편이 어떻게 이런 농담을 할 마음이 생기는지 이해가 되지 않았다. 아이 하나로도 충분히 고생하고 있지 않나? 어떻게 아이를 '갖자'는 말이 애완동물 하나 '키우자'는 것처럼 쉽게 나올 수가 있지? 하지만 남편은 남편대로 집안의 분위기를 바꿔보자는 마음에 한 말이 오해를 불러일으켜 억울한 마음이 들었다.

암세포는 아이의 온몸을 괴롭힐 뿐만 아니라 부부 간의 감정도 갉아먹었다. 두 사람이 직접 대화할 기회는 갈수록 줄어들었다. 휴대전화를 통해 의례적으로 주고받는 메시지에는 사랑의 감정은 사라지고 숨은 질책과 원망이 행간에 가득했다. 하지만 명분이 있는 다른 이유로 바쁜 와중에 어느 누가 서로에게 좋은 감정을 유지하는 데 더 많은 힘을 쏟을 수 있겠는가? 그들은 그렇게 감정을 방치했고, 아무도 그러한 방치가 결혼 생활의 끝으로 가는 일이라는 것을 깨닫지 못했다.

사람들은 본질을 오해하여 결혼이 사랑의 무덤이라고 말하고는 한다. 하지만 사랑을 끝내는 건 결혼이 아니라, 서로에 대해 더는 관심을 가지려 하지 않고 상대의 마음을 들으려 하지 않는 태도다.

웨이전과 남편의 관계는 아이의 수명처럼 점점 끝에 가까워졌다. 아이는 하늘이 부모에게 내리는 선물이기 때문에 아이가 부모 곁에 머무는 기한도 오직 하늘만이 결정할 수 있다.

아이에게 이식할 수 있는 골수를 계속 찾지 못했다. 수술로 암세포를 제거해도 또다시 생겨나 마치 브레이크 없는 열차처럼 빠르게 전이되었다. 아이의 생명을 소극적으로 지키는 것은 부모에게 너무나 슬픈 일이었다. 그리고 그보다 더 슬픈 것은 아이의 죽음을 맞이하는 것이었다.

결국 하늘은 은혜를 갚으러 온 아이를 거두어들였다.

아이를 힘들게 하던 고통이 끝났다는 건 어쩌면 좋은 일일지도 모른다. 웨이전은 그렇게 자신을 설득하려고 애썼지만, 자신이 정말로 그렇게 믿는지는 확신할 수 없었다.

전통적으로 사람들은 자식이 부모보다 먼저 세상을 뜨는 것을 불효라고 여긴다. 그러나 웨이전은 아이가 천사가 되었다고 생각하며 자신의 방식으로 아이를 떠나보냈다. 화장장 밖에 선 웨이전의 두 눈은 퉁퉁 부어 있었지만, 눈물은 더 이상 흐르지 않았다.

사람들은 장례식이 무사히 끝났다고 말했지만, 과연 무사한 걸까? 아이가 이렇게도 짧은 생을 살다가 간 것은 무엇을 의미하는 걸까? 밤마다 드는 죄책감은 마치 또 다른 암세포 같았다.

떠난 아이는 천사가 되었을까?

내가 아이를 원하지 않았기에 하느님이 이 아이를 이렇게 빨리 데려간 것일까?

아이가 혹시 건강하게 낳아주지 못한 엄마를 원망하지는 않았을까?

결국 이렇게 떠나게 될 것을 그간 병원에 외로이 남겨두어 원망하지는 않았을까?

암세포는 웨이전의 머릿속에서 자라났다가 사라지고, 다시 커지고 사라지길 반복했다.

이렇게 자신을 괴롭히는 것이 아무 의미 없는 일이라는 걸 알면서도 이것 말고는 할 수 있는 게 없었다.

세상이 그녀의 잘못이 아니라고 한다 해도 웨이전은 자신을 탓하지 않을 수 없었다.

계속 그리워하고 슬퍼해야 아이가 이 세상에 살았다는 걸 증명할 수 있고, 계속 자신을 괴롭혀야 엄마로서 아이를 살리지 못한 죄를 벌할 수 있었다.

…

"이야기를 한다고 뭐가 달라지겠어요?"

웨이전은 고개를 저으며 사장의 제안을 거절했다.

슬픔을 대할 때 누군가 이야기를 들어주고 함께 있어주는 것이 해답일 때가 있다. 그러나 눈앞의 그녀는 어떤 위로도 받을 수 없었다.

세탁소 안이 조용해지자, 사장이 침묵을 깨며 말했다.

"그럼, 이 속싸개는 다음 주에 찾으러 오시겠어요?"

사장은 영수증을 적기 위해 탁자 위 연필꽂이에서 펜을 꺼내 들었다.

"앗, 잉크가 없네!"

그가 종이 위에 펜을 몇 번이나 그어보았지만 아무것도 나오지 않았다.

"역시 같은 펜이라도 이곳에 머무는 기간은 제각각이로군."

"사장님, 그게 무슨 말이에요?"

"아, 제가 들고 있는 이 펜이요. 오래 쓸 수 있을 줄 알았는데 이렇게 빨리 작별하게 될 줄은 몰랐네요."

"만남과 이별을 이 세탁소와 연결 짓는 건가요?"

웨이전은 못마땅한 표정을 지었다. 친구가 이 세탁소의 사장이 좀 이상하다고 알려줬는데, 그게 이런 식일 줄은 미처 몰랐다.

"이곳의 모든 물건에는 저마다의 임무와 사명이 있지요. 그 사명을 완수하면 이곳을 떠난답니다."

"어디로 가는데요?"

"그건 저도 몰라요. 하지만 **저들의 임무가 끝났다고 보기 때문에 저도 더 이상 함께 지내지 않아요.**"

"함께 지낸다고요?"

"네, 세상 만물은 모두 때가 있는 법이지요. 생명도 그래요. 바깥에 보이는 저 자카란다처럼요."

사장이 창밖의 보라색 꽃이 만발한 나무를 가리키며 말했다.

"분명 어제까지만 해도 꽃이 훨씬 많이 피었었는데, 오늘 아침 비가 오는 바람에 많이 떨어졌어요. 저 꽃과 나무도 사명을 띠고 이곳에 온 거랍니다. 꽃이 만발했을 때 창문 밖으로 내다보면 무척 아름답지요. 그래서 저도 좀 더 오래 함께 지내고 싶었는데, 비가 와버렸어요. 이렇게 한 생명과 함께하는 건 대부분 제가 결정할 수 있는 게 아니더라고요."

"생명도 그렇다고요? 사장님은 삶과 죽음을 그렇게 보시는군요?"

웨이전은 의심스럽고 조금은 경계하는 듯한 눈빛으로 사장을 쳐다봤다.

"세상의 모든 물질, 생명, 그리고 사람은 각자의 사명을 띠고 이 세상에 왔을지도 몰라요. 그리고 일단 그들의 임무가 끝나면, 함께 했던 사람과 머물던 장소를 떠나는 거죠. 어떻게 보면 잃는 것이 아니라 그저 임무를 완수했을 뿐인 겁니다. 각자의 인생은 다 때가 있는 법이고, 우린 그저 운 좋게 중간에 만나는 거지요."

"사장님, 무슨 말이 하고 싶으신 거예요?"

웨이전은 갑자기 가슴이 꽉 막힌 듯이 답답해졌다.

"아니요. 아무 뜻도 없어요. 단지 이 속싸개의 주인도 자신의 임무를 완수한 것일 뿐이고, 완수하기 전까지 손님과 잠시 함께 지냈을 뿐인 거 아닐까 해서요."

그 말을 듣자 웨이전의 벽처럼 꽉 막혔던 가슴이 와르르 무너져 내렸다. 그녀는 두 손으로 속싸개를 움켜쥐고 엉엉 소리 내 울기 시작했다.

창밖의 햇빛이 보라색 꽃을 통과해 방 안에 푸르스름한 그림자를 드리웠다.

사장은 아무 말 없이 손님이 울도록 내버려두었다.

"그럼 저는요? 전 왜 남겨진 거죠? 저는 그 자리에서 그대로 받아들여야만 하나요? 이건 불공평하잖아요."

웨이전은 낮게 울부짖었고, 눈에서 굵은 눈물이 하염없이 쏟아져 나왔다.

세탁소 안에 오랫동안 흐느낌이 이어지다가 점차 누그러졌다.

"사장님, 그거 아세요? 제가 이렇게 밖에서 목 놓아 울어본 건 처음이에요."

예로부터 자식을 잃은 사람이 너무 슬퍼하거나 소리 내어 울면 아이가 떠날 때 불안해한다는 말이 있어서 웨이전은 슬픔을 숨겨야 했다. 이불 속, 욕실 안, 아무도 자신을 보지 못하는 곳에 숨어서야 자신의 슬픔과 상실감을 꺼내어 울 수 있었다. 도대체 왜 내 아이를 위해 울지도 못하는 걸까?

"음, 아무래도 쉽지 않으셨을 거예요. 하지만 슬픈 감정을 제대로 해소하는 건 정말 중요해요."

"방금 생명도 임무나 사명을 띠었다고 하셨죠? 만약 그렇다면 제 아이의 임무는 뭐였을까요?"

"죄송하지만 저는 아이가 없어서 대답해 드릴 수가 없네요. 하지만 가족 간의 임무는 당사자가 직접 경험하고 깨달아야 하죠."

젊은 손님은 멍하니 창밖을 쳐다보았다.

가득 핀 보랏빛 꽃이 바람에 하늘하늘 흔들리고 있었다.

웨이전의 눈앞에 아이의 앳된 얼굴과 치료로 인해 얼마 남지 않은 머리카락, 몇 안 되는 미소가 떠올랐다.

"아이를 낳고 기르는 것은 어떤 의미일까요? 이렇게 갑자기 떠난 것은 또 뭘까요?"

이미 수천 번도 더 던져본 질문이지만, 그녀는 도무지 해답을 찾을 수 없었다.

"그건 모든 부모가 겪는 고민이겠죠. 어떤 임무인지는 몰라도 아마도 그 아이는 이미 자신의 임무를 완수했고, 아직 떠나지 않은 사람들은 임무를 완수하는 데 시간이 더 드는 것 아닐까요?"

그녀는 속싸개를 다시 꽉 움켜쥐었다.

"그건 너무 불공평하잖아요!"

"불공평한가요? 음, 남겨진 사람으로선 떠난 사람이 더 홀가분

할 테니 불공평하긴 하네요!"

"그럼 전 어떡하죠?"

"그 질문은 어렵네요. 전 그냥 옷을 세탁하는 사람이니까요. 하지만 어쩌면 이 책의 이 구절이 해답이 될 수 있지 않을까요?"

사장은 반쯤 읽은 책을 웨이전에게 건넸다.

그녀의 시선이 《배웅》이라고 적힌 표지로 향했다. 그러고는 그 아래 적힌 글을 천천히 따라 읽어 내려가기 시작했다.

"부모와 자식의 인연이란 현생에서 부모가 계속해서 자식의 뒷모습을 지켜보며 멀어지는 것이다. 당신은 그저 길 끝에 서서 자식이 모퉁이를 돌아 사라져 가는 것을 바라보고, 자식의 뒷모습은 당신에게 따라올 필요 없다고 말하는 것과 같다."

웨이전의 눈에서 다시 눈물이 주르륵 흘렀다.

"그러니까 사장님도 다른 사람들처럼 아이가 떠났으니 이제 보내주라는 건가요? 엄마로서 자식이 먼저 떠나는 고통이 얼마나 큰지는 아무도 모를 거예요."

"맞아요. 손님은 엄마고, 아파할 자격이 있어요. 많은 감정과 생각들이 말로 표현되지 않죠. 또 내려놓으라고 한다고 해서 내려놓아지지도 않고요."

"아파하는 것 말고 제가 또 뭘 할 수 있을까요?"

"작별 인사를 하는 거요."

"작별 인사요?"

"인생에서 가장 큰 후회는 헤어지는 것이 아니라 작별 인사를 제대로 하지 못하는 것 아닐까요? 기회가 있을 때 작별 인사를 잘한 사람이 행복할 거라고 생각해요."

"그게……."

"생명의 주인은 우리가 아니지만, 이 속싸개의 주인은 손님이잖아요? 어떤 방식으로 작별 인사를 할지는 손님이 스스로 결정할 수 있어요."

웨이전은 약간 놀란 듯하면서도 씁쓸한 웃음을 지었다.

"그 말이 맞을지도 모르겠네요. 제가 할 수 있는 결정을 내리는 거요."

두 사람은 동시에 눈앞의 속싸개를 조용히 내려다보았다.

"음, 사장님, 이거 그냥 세탁하지 않는 게 나을까요?"

"손님의 물건이니 손님 뜻대로 하세요."

사장은 긍정의 눈빛을 보내며 말했다.

"그럼 다시 생각해 볼게요. 사장님 말대로 세탁해도 원래 상태로 돌아갈 수는 없으니까요. 그렇죠?"

"네, 새것처럼 깨끗해져도 원래 모습과 똑같지는 않을 거예요."

"여기를 소개해 준 친구가 사장님이 괴짜 같고 사업 수완은 없는 것 같다고 하더라고요."

세탁소 사장은 아무 대답도 하지 않았지만, 얼굴에 옅은 미소가 번졌다.

"음, 사장님은 정말 괴짜예요."

웨이전은 말하면서 속싸개를 곱게 접어 다시 가방에 넣었다.

세탁소를 나서려던 그녀는 갑자기 걸음을 멈추고 돌아서서 말했다.

"사장님, 감사합니다. 다음에는 임무가 남은 물건을 가지고 와서 세탁 맡길게요."

"그럼 저는 다시 방문해 주시길 기다리겠습니다."

사장이 시원스럽게 대답했다.

세탁소 안, 떠나는 웨이전을 배웅하던 사장의 마음속에서 어떤 소리가 들렸다.

자카란다의 꽃말은 '절망 속의 기다림'.

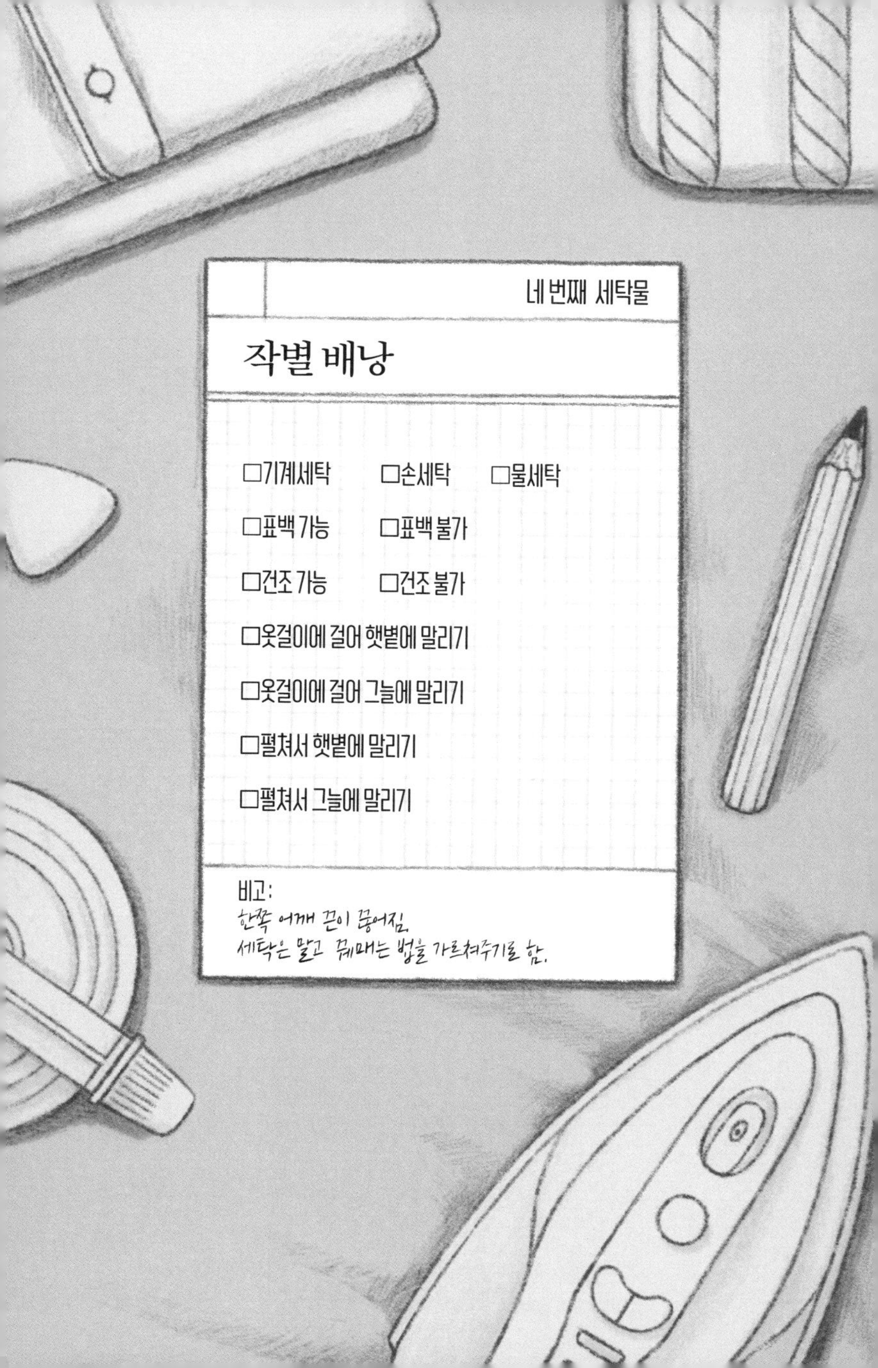

네 번째 세탁물
작별 배낭
□기계세탁 □손세탁 □물세탁
□표백 가능 □표백 불가
□건조 가능 □건조 불가
□옷걸이에 걸어 햇볕에 말리기
□옷걸이에 걸어 그늘에 말리기
□펼쳐서 햇볕에 말리기
□펼쳐서 그늘에 말리기
비고:
한쪽 어깨 끈이 끊어짐.
세탁은 말고 꿰매는 법을 가르쳐주기로 함.

한 남자아이가 엄마의 손을 꼭 잡고 차에서 내렸다. 어른이 멜 법한 커다란 배낭이 아이의 어깨를 무겁게 짓누르고 있었다. 사실 차에서 내리기 전에 엄마는 이렇게 말했다.

"그렇게 다 챙기지 않아도 돼. 다시 사면 되지!"

하지만 아이는 엄마가 자신이 한 말을 늘 잊어버린다는 걸 알았다. 그래서 가능한 한 모든 물건을 배낭에 욱여넣으려 애썼다.

검은색 세단은 좁은 골목에 들어가지 못했다. 운전하던 남자는 두 모자에게 골목 입구에 내려 걸어가라고 하고는, 자신은 차 안에서 한가하게 담배를 피우기 시작했다.

아이는 담배 냄새를 몹시 싫어했기 때문에 차에서 빨리 내려 그 역겨운 냄새로부터 도망갈 수 있게 되어 다행이라고 생각했다.

엄마의 발걸음이 점점 빨라져서, 하이힐이 아스팔트 위를 쿵쿵 찧는 소리가 규칙적이면서 조급하게 들렸다. 아이는 거의 뛰는 듯이 걸어야 엄마를 겨우 따라잡을 수 있었다. 골목 어귀에서 끝까지는 불과 몇십 미터도 안 되는 거리였지만, 아이는 이미 숨이 턱 끝까지 찼다.

엄마와 함께 골목 아래로 내려가 3층짜리 주택 앞에 다다랐다. 건물 외벽은 회백색 돌로 지어져 어디에서나 볼 수 있는 흔한 외관이었다. 아이는 잡고 있던 엄마의 손을 더욱 힘주어 잡았다. 꽉 오므린 작은 손에 비해 큰 손은 힘을 조금도 주지 않은 채 수동적으로 잡혀 있을 뿐이었다.

마당에 들어서자 중년의 여자가 활짝 웃으며 두 사람을 맞았다.

아이는 살짝 긴장하여 고개를 들어 엄마를 올려다봤다.

엄마는 환하게 웃으며 잡고 있던 아이의 손을 놓고 여자에게 와락 안겼다.

"이모! 너무 오랜만이에요. 어떻게 하나도 안 변했어요?"

아이는 엄마의 가식적인 목소리에 눈살을 찌푸렸다.

"아이고, 네가 어느새 이렇게 엄마가 되었니? 싹싹하게 말하는 건 여전하구나. 안 변하긴 뭐가 안 변해. 너야말로 애 엄마라고는 보이지 않을 정도로 젊어 보이는구나."

여자의 칭찬에 엄마가 더욱 환하게 웃었다. 아이는 엄마가 진심으로 좋아하고 있는 것을 알았다. 엄마는 아이를 낳은 사람같지 않다거나 싱글인 것 같다는 이야기를 들을 때마다 크게 기뻐했기 때문이다.

아이는 엄마가 자신을 좋아하지 않는 게 아니라 그저 싱글이라는 느낌을 좋아하는 것뿐이라는 사실을 알고 있었다. 엄마가 그의 손을 놓을 때면 얼른 엄마의 옷자락을 붙잡고 조금 더 가까이 다가가 자신의 존재를 상기시켰다.

"안녕! 네가 이성(頴昇)이로구나?"

여자가 아이의 눈높이에 맞추기 위해 쪼그려 앉으며 말했다. 그녀가 눈웃음을 짓자, 눈이 반달 모양이 되었다. 그걸 보고 아이는 유치원 원장 선생님을 떠올렸다. 그녀의 몸에서는 막 세탁한 옷처럼 향긋한 비누 냄새가 풍겼다. 아이는 엄마가 뿌린 향수와는 다른 그 향이 아주 마음에 들었다. 엄마는 아저씨의 담배 냄새를 가리기 위해 갈수록 짙은 향수를 뿌렸는데, 그 냄새가 정말 싫었다.

아이가 고개를 끄덕이며 자신의 앞에 있는 어른을 어떻게 불러야 할지 고민했다.

"아, 아주머니, 안녕하세요."

그러자 엄마가 웃음을 터뜨렸다.

"아주머니라고 하면 어떡하니? 엄마의 막내 이모셔."

아이는 약간 부끄러워 얼굴을 붉혔다. 엄마가 웃는 게 싫었지만 차마 말할 수가 없어 애꿎은 바닥만 보다가 돌계단 틈에 핀 작은 들꽃을 발견했다.

어른들은 왜 이 하얀 꽃을 들꽃이나 잡초라고 부를까? 하얀 꽃잎 중앙에는 노란 솜털이 난 것처럼 보였는데 아주 예뻤다. 사람들은 왜 이 꽃을 싫어할까? 피지 말아야 하는 곳에 피어서 들꽃이라고 부르는 걸까?

어른들은 언제나 싫어하는 것에 듣기 싫은 이름을 붙이는 것 같았다. 언젠가 엄마가 술에 취해 아저씨를 따라 아이를 '이 자식', '잡종'이라고 부른 적이 있었다. 무슨 뜻인지는 잘 모르지만 듣기 좋은 느낌은 전혀 아니었다. 아저씨와 함께 집에 올 때마다 엄마는 마치 다른 사람이 된 것처럼 질색하는 표정으로 아이를 대했다. 그럴 때면 빨리 옷장에 숨어서 잠드는 게 상책이었다. 그럴 때 아이가 있어도 되는 곳은 거실과 방이 아니라 옷장뿐이었다. 작은 몸을 엄마의 옷들 속에 파묻으면 왠지 모르게 따뜻한 느낌이 들었다.

이곳에도 그런 옷장이 있겠지? 아이는 고개를 들어 슬쩍 집 안을 둘러봤다. 이 집은 엄마와 단둘이 살던 아파트와 달리 아주 넓었다. 그렇다면 옷장도 훨씬 넓어서 자신의 몸집이 더 커져도 걱정할 필요가 없겠다고 생각했다.

엄마와 다르게 그녀는 웃지 않고 그저 천천히 손을 내밀어 아이의 머리를 쓰다듬었다.

"먼저 인사도 하고, 예의가 참 바르구나! 하지만 난 네 엄마의 이모란다. 아주머니라고 부르면 안 돼."

"그럼…… 뭐라고 불러요?"

"이모할머니, 아니면……."

그녀는 잠시 생각하더니 다시 입을 열었다.

"그냥 쉽게 할머니라고 부르렴. 어떠니?"

아이는 고개를 끄덕이고 머뭇대며 입을 열었다.

"할, 할머니, 안녕하세요."

"착하기도 하지!"

할머니가 그의 손을 잡고 말했다.

"엄마가 며칠 안 계시는 동안 할머니와 함께 지내자꾸나. 할머니는 자식이 없어서 네 엄마가 자식이나 다름없단다. 그러니 너도 내 손자나 다름없지. 앞으로 너를 성이라고 부르마."

이성은 자신을 성이라고 부르는 할머니가 왠지 모르게 마음에 들었다. 적어도 할머니의 부드럽고 느긋한 말투는 가늘고 날카로운 엄마의 말투와 달랐다.

하지만 과연 할머니를 좋아해도 될지 확신할 수 없었다.

예전에 엄마가 금방 만난 사람을 쉽게 좋아하면 나중에 고생한다고 말한 적이 있다.

늘 엄마와 함께 집에 오던 아저씨가 보이지 않을 때면 엄마의 기분이 매우 나빠졌다. 혼자 술에 취해 집에 온 엄마는 잠든 아이를 흔들어 깨운 다음, 끌어안고 울면서 어른이 되면 아무나 함부로 좋아하지 말라고 말했다. 또 어떤 때는 화를 내면서 아저씨가 집에 오지 않은 것이 아이 탓이라고 했다. 아이는 자신이 여태껏 아저씨들에게 대든 적도 없는데, 왜 그들이 자신을 미워했는지 도무지 알 수가 없었다.

어쩌면 어른들은 누군가를 미워할 때 아무 이유가 없을지도 모른다.

"이모……."

이성의 엄마가 그들의 대화를 끊고 흔들리는 눈빛으로 이모할머니, 아니 할머니를 쳐다봤다. 아이는 그 표정이 엄마가 자신에게 알리고 싶지 않은 일이 있을 때 짓는 표정이라는 것을 알아차렸다.

"그래, 잠시만."

할머니는 이성의 엄마에게 고개를 끄덕여 보이고는 집 안쪽을 향해 소리쳤다.

"여보! 애들 왔어!"

흰색 반팔셔츠를 입은 머리가 희끗희끗한 남자가 집 안에서 나무 방충문을 열고 나왔다.

"성아, 이분은 네 엄마의 이모부시고, 할아버지라고 부르면 된단다."

"할아버지, 안녕하세요."

이성은 할머니가 말한 대로 낯선 남자에게 인사를 했다.

이성은 낯선 남자를 대할 때 항상 긴장했지만, 티 내지 않았다. 아이는 할머니를 믿어도 될 거라고 생각했다.

"여보, 성이를 데리고 먼저 들어가 줄래?"

남자는 고개를 끄덕이고는 몸을 굽혀 아이의 손을 잡으려 했다.

"성아, 할아버지 따라서 집으로 들어갈까? 네 할머니가 아침에 시장에 가서 사탕과 과자를 많이 사 오셨단다. 모두 일본산이라 아주 고급이지."

이성은 고개를 힘껏 저으며 손을 등 뒤로 숨겼다.

그는 엄마에게서 눈을 떼지 않았다. 엄마와 떨어지고 싶지 않았지만, 어느새 손은 할머니의 옷자락을 세게 쥐고 있었다.

"그럼……."

할아버지는 당황하며 할머니를 쳐다봤다. 그는 아이가 사탕과 과자를 거부할 거라고는 생각지도 못했다.

"괜찮아! 먹기 싫으면 안 먹어도 돼."

할머니는 이성이 긴장한 걸 알아차리고 웃으며 그의 손을 잡아 남편에게 건넸다.

"성아, 우리 집에서 백문조 한 쌍을 기르는데, 아주 작고 귀엽단다. 바로 저 옆에 있는데 할아버지와 한번 보러 가는 게 어떠니? 귀여운 새들이 목욕하는 것도 볼 수 있단다."

새가 목욕을 한다는 말에 아이는 호기심을 참을 수 없었다. 할머니의 손가락이 가리키는 방향을 쳐다보니 새장이 마당 한쪽에 있어 집 안으로 들어가지 않아도 되었다. 아이는 용기를 내어 할아버지가 내민 검지를 꼭 쥐고 새장 쪽으로 걸어갔다. 걸어가면서 세 걸음마다 뒤를 돌아보며 엄마와 할머니가 있는지 확인했다. 할아버지가 새장을 들어 그의 눈앞에 내려주고 나서야 새들에게 홀딱 빠져들었다.

이성의 엄마는 아이가 경계심을 푸는 것을 보고 안도의 한숨을 내쉬었다. 그러고는 이모를 가까이 끌어당기며 말했다.

"이모, 제가 대만에 없는 동안 녀석이 얌전히 지낼지 모르겠어요."

"괜찮아. 네 아이면 나한텐 가족이잖니. 다만 얼마 동안 나가 있을 계획이니? 아이에게 설명은 했어?"

할머니는 아이를 몇 번씩 바라보며 애잔한 표정을 지었다. 여섯 살짜리 남자아이가 이미 철이 든 것처럼 굴었다. 자신이 곧 처음 만난 사람 집에 머무르게 되는 걸 알면서도 울거나 떼쓰지 않았다.

"그럼요, 말했죠! 제가 거기서 자리를 잡으면 데리러 오겠다고 했어요."

이성의 엄마가 짜증을 내며 말했다.

"자리 잡는 데 얼마나 걸리는데? 아이가 물어보면 어쩌니."

"저도 몰라요. 그 사람 가족부터 만나봐야죠."

"네 일이니 알아서 하겠지만, 아직 어린 나이에 기약 없는 날짜에 계속 불안해하면 안 되잖……."

빵! 빵! 빵!

갑자기 귀청이 떨어질 것 같은 경적 소리가 골목에서 들려왔다. 처음에는 짧게 세 번 울렸다가, 이어서 길게 이어지는 소리가 거의 3초 동안 지속되었다. 그 소리에 할머니의 말이 끊겨버렸다.

"앗, 이모, 저 가야 해요. 그 사람이 재촉하는 거예요!"

이성의 엄마는 황급히 들고 있던 짐을 이모에게 떠넘겼다.

"자요, 이거요. 그러면 애 좀 잘 부탁드려요."

그녀는 대답을 기다리지도 않고 몇 걸음 만에 마당 밖으로 달려나갔다.

"아니, 저기!"

남겨진 여자는 그 자리에 굳어버렸다.

백문조를 감상하던 이성은 순간 엄마가 나갔다는 사실을 알아차리고 황급히 할아버지의 손을 뿌리치고 골목으로 달려갔다.

"엄마! 엄마!"

아이는 작은 두 발로 엄마를 뒤쫓아 빠르게 내달렸다.

"엄마! 언제 데리러 올 거야?"

아이가 소리쳤다.

오늘따라 엄마의 걸음이 어찌나 빠른지 평소보다 더 빨리 뛰었는데도 점점 뒤처졌다. 무거운 배낭 때문인지도 몰랐다.

"엄마, 나 언제 데리러 올 거야?"

아이는 계속 힘껏 뛰면서 목이 쉬도록 소리쳤다. 그 순간 바닥에 맨홀 뚜껑이 튀어나온 걸 보지 못하고 넘어졌다. 그 충격으로 배낭의 끈이 끊어졌지만, 엄마를 쫓아가야 한다는 생각에 곧바로 일어나 계속 달렸다. 하지만 엄마는 뒤도 돌아보지 않고 황급히 골목을 달려갔고, 그들이 타고 왔던 검은색 세단은 시동이 걸린 채로 길가에 세워져 있었다.

이성은 드디어 엄마와 가까워졌다. 힘껏 손 내밀어 엄마의 옷자락을 잡았다. 그러나 엄마는 그의 손가락을 억지로 하나하나 떼고서 재빨리 차에 올라탔다.

엄마는 문을 쿵 하고 세게 닫았고, 차에 타서도 눈길 한 번 주지 않았다. 곧 차가 휼쩍 떠나버렸다.

남겨진 아이는 떠나가는 차창 너머로 엄마가 밝게 웃는 것을 보았다. 지금껏 한 번도 본 적 없는 편안한 얼굴이었다.

이성의 눈에서 굵은 눈물방울이 하나둘 떨어지기 시작했다. 아이는 애써 강한 척하고 싶었지만, 여섯 살짜리에게 엄마와 헤어진 상실감은 너무나 무거웠다.

조금 뒤 할머니가 슬리퍼를 신고 헐레벌떡 뛰어와 길에 떨어진 배낭을 주워 들었다.

그녀는 이성의 옆에 쪼그리고 앉으며 아이가 또 뛰어갈까 싶어 한 손으로 그를 붙잡았다.

"할머니가 너무 늦었어요. 엄마 차가 벌써 가버렸어요."

아이의 시선을 따라가 봤지만, 차는 어디에도 보이지 않았다.

"걱정하지 말렴. 엄마랑은 잠시 떨어졌을 있을 뿐이야. 분명 데리러 오실 거야."

그녀는 몹시 걱정하고 불안해하면서도 감정을 억누르고 있는 작은 아이를 위로했다.

아이는 눈물을 보이지 않으려고 연신 손등으로 눈물을 닦고 코를 훌쩍였다.

"엄마가 인사를 안 했어요."

"인사를 안 했니?"

"전 걱정 안 해요. 엄마는 꼭 돌아올 거거든요. 단지 저한테 작별 인사를 까먹은 것뿐이에요. 엄마가 예전에 어딜 가든 꼭 인사를 하고 가겠다고 저하고 약속했는데 이번에는 안 했어요."

아이는 코가 빨개진 얼굴로 고집스러운 표정을 짓고 있었다. 할머니는 아이의 어깨를 꼭 껴안았다.

그래, 분명 강한 아이로구나.

그녀는 아이 앞에 쪼그리고 앉아 아이의 맑은 두 눈을 똑바로 바라보며 말했다.

"엄마가 '다녀올게' 하고 인사하는 걸 깜박 잊었구나, 그렇지?"

아이는 고개를 끄덕였고 이내 눈물이 맺히자 힘껏 눈을 감았다. 그렇게 하면 울지 않은 척을 할 수 있을 줄 알았는데, 실수로 그만 눈물이 더 빨리 흘러내렸다. 할머니는 소년의 여린 뺨을 부드럽게 문지르며 눈물을 닦아주었다.

"성아, 괜찮아. 울어도 돼! **눈물은 네가 엄마를 그리워한다는 증거야. 엄마를 너무 사랑해서 헤어지기 싫은 거야.** 그렇지?"

할머니의 따뜻한 말에 아이는 더 이상 감정을 주체하지 못하고 품에 와락 안겨 엉엉 울기 시작했다.

"지금 잠시 엄마를 못 보는 거야. 엄마가 준비되면 널 데리러 올 거란다."

소년의 흐느끼는 울음소리가 들렸다.

"슬퍼해도 괜찮단다. 할머니 할아버지가 있잖니."

아이의 울음소리가 멈추지 않았다.

"더 울어도 돼. 할머니가 기다려주마."

잠시 후 할머니 품에서 떨어진 이성의 얼굴은 눈물과 콧물로 뒤범벅되어 있었다.

"할머니, 저 슬픈 거 아니에요. 그냥 엄마한테 작별 인사를 하고 싶었어요. 엄마는 꼭 돌아올 거예요. 왜냐하면 저한테 배낭을 빌려 줬거든요."

아이는 코를 훌쩍이며 애써 강해 보이려고 노력했다.

아이는 손을 뻗어 할머니가 들고 있던 배낭을 돌려받았다. 그러나 배낭의 한쪽 끈이 떨어진 것을 보고 더 심하게 흐느끼기 시작했고, 그런 모습을 보이고 싶지 않아 배낭에 얼굴을 묻었다.

"알아! 알아! 성이가 그냥 엄마에게 인사를 못 해서 그런 거잖니."

그녀는 아이를 꼭 껴안고 등을 어루만졌다.

"네."

"그러면 마음속으로 엄마한테 작별 인사를 해볼까? 네가 하고 싶은 말을 한번 해보렴. 엄마가 분명 들으실 거야."

"그럴까요? 엄마가 진짜로 들을 수 있을까요? 차도 이미 떠났고, 이제 곧 비행기를 탈 텐데요."

엄마가 들을 수도 있다는 말에 이성은 울음을 멈추고 고개를 들어 할머니를 바라봤다.

그러고는 힘껏 코를 들이마시고 코가 잔뜩 막힌 목소리로 어린 아이처럼 물었다.

"그럼! 엄마와 아들은 이어져 있단다. 그리고 엄마한테 전화 오면 한 번 더 말하려무나. 알았지?"

"네!"

이성은 고개를 세차게 끄덕였다. 그는 할머니가 자신을 속이지 않을 거라고 믿었다.

눈을 감고 아까 미처 하지 못한 말을 마음속으로 했다. 할머니도 그 큰 눈이 다시 뜨일 때까지 가만히 옆에서 기다렸다.

"할머니, 다 했어요."

"다 했니?"

"네, 이제 됐어요!"

그는 확실하다는 듯이 고개를 힘껏 끄덕였다.

이성과 할머니는 동시에 미소를 지었고, 뒤이어 할머니가 아이의 손을 잡고 일어나 천천히 골목을 걸어갔다.

"성아, 배낭끈이 끊어졌으니, 할머니가 집에 가서 꿰매줄게."

"싫어요! 어떻게 하는지 알려주시면 제가 할게요."

"그러면 꿰매고 나서 깨끗이 빨아줄까? 더러워진 것 좀 보렴."

"아니요!"

작은 얼굴이 고집스러운 표정을 짓자 어쩐지 어른스러워 보였다.

"빨면 안 돼요!"

이성에게 그 배낭은 엄마가 직접 빌려준 물건이고, 엄마와의 유일한 연결고리였다. 더군다나 엄마의 향수 냄새가 강하게 배어 있는데 세탁하면 사라질 것이다.

후각은 인간의 가장 오래된 감각이며, 냄새는 깊은 정서 반응과 연결되어 있다. 예전에는 엄마의 향수 냄새가 코를 찌른다고 생각했겠지만, 지금은 엄마와의 기억과 관련된 유일한 자극이었다. 물론 아직 어린 이성은 이런 사실을 알지 못했지만, 그저 이 냄새를 맡으면 엄마가 가까이 있다고 느껴졌다. 엄마에 대한 그리움이 엄마의 향수 냄새와 연결되어 버린 것이다.

"그래, 좋아! 그럼 빨지 말고, 할머니가 꿰매는 방법을 알려주마. 됐지?"

두 사람의 대화는 골목 어귀에서 보이지 않을 때까지 이어졌고, 석양에 길게 늘어진 할머니와 손자의 그림자가 천천히 사라졌다.

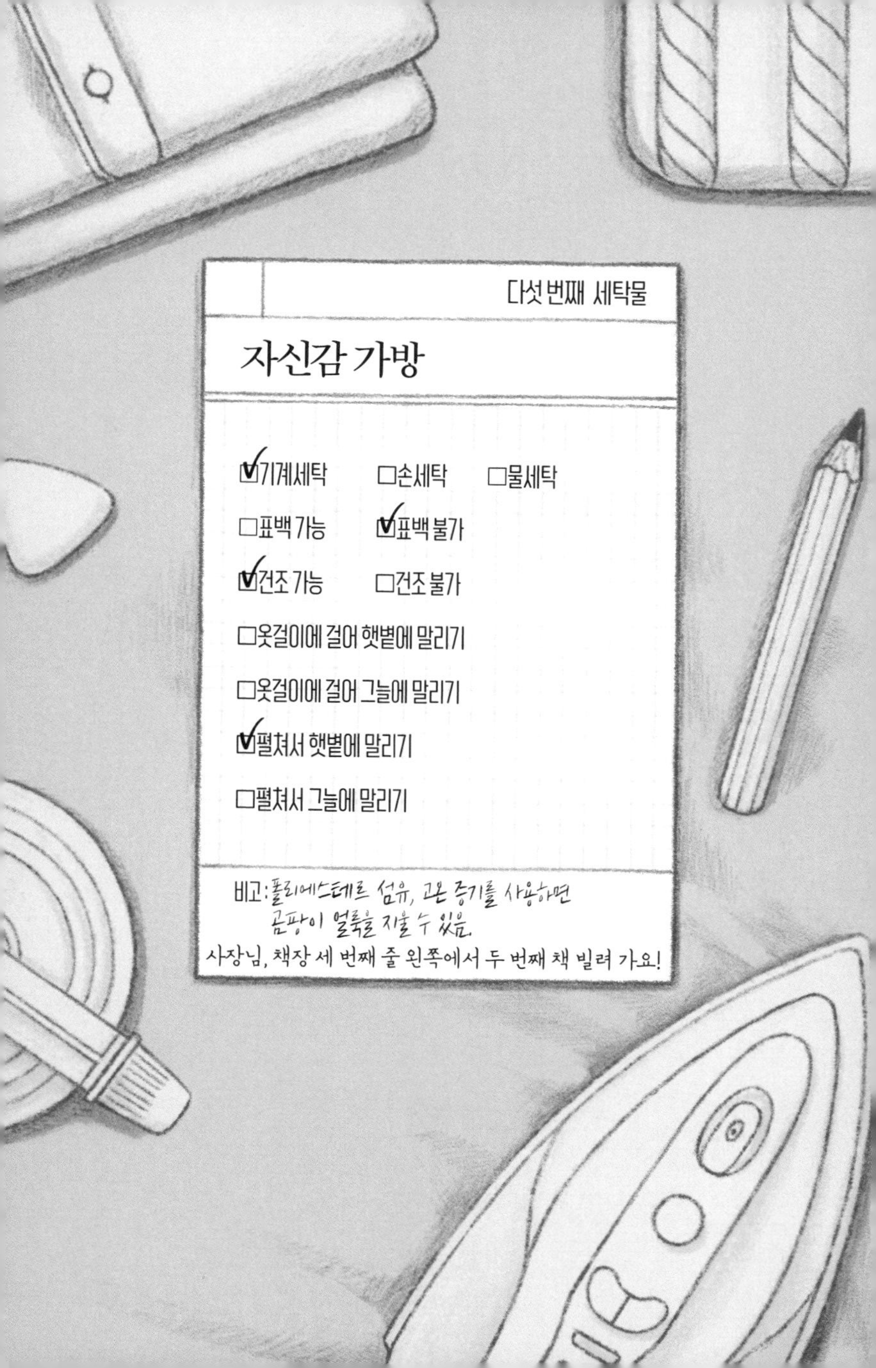

다섯 번째 세탁물
자신감 가방
☑기계세탁 □손세탁 □물세탁
□표백 가능 ☑표백 불가
☑건조 가능 □건조 불가
□옷걸이에 걸어 햇볕에 말리기
□옷걸이에 걸어 그늘에 말리기
☑펼쳐서 햇볕에 말리기
□펼쳐서 그늘에 말리기
비고: 폴리에스테르 섬유, 고온 증기를 사용하면
곰팡이 얼룩을 지울 수 있음.
사장님, 책장 세 번째 줄 왼쪽에서 두 번째 책 빌려 가요!

이 도시는 항상 이랬다. 비가 며칠씩 내릴 때면 공기가 습하고 끈적끈적해 답답한 느낌이 든다. 밖은 바람이 산들거리고 실내는 푹푹 찌는 듯이 무더웠다. 늙은 개와 소녀는 각각 돌바닥과 나무 탁자 위에 엎드린 채 생기 없는 표정으로 축 늘어져 있었다.

"아, 심심해!"

샤오루가 사장의 반응을 몰래 살피며 소리쳤다.

나무의자에 앉은 세탁소 사장은 손에 든 커피를 홀짝이며 독서에 집중하고 있었다.

"아, 더워! 사장님, 왜 에어컨 안 틀어요?"

사장에게서 아무런 반응이 없자 그녀는 계속 투덜거렸다.

"마음이 차분해지면 저절로 시원해진다더라. 정말 더우면 집으로 돌아가. 맨날 여기에 붙어 있지 말고. 줄 월급도 없어."

샤오루가 얌전이 옆에 쪼그려 앉으면서 개를 놀리려고 말했다.

"얌전아, 너희 주인님 정말 이상하지 않니? 이렇게 더운 날씨에 뜨거운 커피를 마시다니. 너에게 에어컨도 켜주지 않고 말이야. 정말 불쌍하다."

선풍기 앞 바닥에 나른하게 엎드린 얌전은 샤오루를 흘깃 쳐다보고는 귀찮다는 듯 크게 하품했다.

밖에서 부슬부슬 내리는 빗방울이 나무 잎사귀를 때리는지 바스락거리는 소리가 들려왔다.

"실례합니다……."

20대로 보이는 한 남자가 문을 열고 들어왔다.

"여기 세탁소 맞죠……?"

"어서 오세요. 세탁 맡기시려고요?"

샤오루가 얼른 일어나 대답했다.

세탁소에 들어선 남자는 요즘 유행인 커다랗고 둥그런 검정 뿔테 안경을 쓰고 있었는데, 그의 얼굴형과 어울리지 않았다. 둥그스름한 뺨과 넓은 턱이 더욱 두드러져서 마치 주먹밥처럼 보였다. 어쩐지 낯익은 느낌이었지만, 샤오루는 바로 생각이 나지 않았다.

"실례지만 이거 곰팡이가 핀 거 맞나요? 없앨 수 있나요?"

안경 쓴 남자는 회색의 네모난 손가방을 꺼냈다.

책장 앞에 앉아 있던 세탁소 사장이 카운터로 다가와 가방을 받았다. 젊은 사람들에게 잘 어울릴 만한 노트북 가방이었다. 전체적으로 짙은 회색이었고, 오른쪽 하단에는 1센티 너비의 형광 주황색 라인이 두 줄 들어가 있어 한층 세련돼 보였다.

"가족들이 선물해 준 거라 제가 정말 아끼는 건데요, 최근 비가 계속 내려서인지 오늘 아침에 곰팡이가 피었더라고요."

남자는 노트북 가방의 바깥쪽을 보여주며 손가락으로 몇 군데에 난 회백색의 작은 얼룩을 가리켰다.

사장이 고개를 끄덕였다.

"네, 곰팡이 맞네요. 없앨 수 있습니다."

"없애기 까다로운가요?"

남자는 조금 불안했다.

사장이 남자에게 건네받은 가방을 꼼꼼히 들여다보았다. 가방은 폴리에스테르 소재로 내열성이 높아 고온의 증기로 처리하면 곰팡이 뿌리까지 제거할 수 있을 것 같았다.

"혹시 지금 바로 될까요? 오래 걸릴까요?"

남자가 다시 물었다.

"급하신가요?"

사장은 너무 빠르지도 느리지도 않은 동작으로 그를 쳐다봤다.

"그, 그게 실은 급하진 않은데요, 오래 걸리지 않으면 여기서 기다릴까 해서요."

안경 낀 남자는 긴장한 탓인지, 실내가 더워서인지 땀방울이 맺힌 이마를 연신 닦았다.

"사실 친구가 소개해서 왔는데요, 여기는 세탁 맡길 때 옆에서 기다려도 사장님이 신경 쓰지 않으신다고 해서요."

그는 사장이 자신을 이상하게 여길까 봐 황급히 변명했다.

젊은 남자는 자신이 제대로 찾아온 건지 확신할 수 없었다. 이렇게 은밀한 골목에 세탁소가 있다니? 친구의 추천이 아니었다면 혼자서 이런 오래된 동네까지 오지 않았을 것이다. 하지만 예상 외로 정말 멋진 곳이었다. 빈티지한 인테리어 덕분에 문학적인 분위기의 오래된 여인숙 같아 보였다. 그는 호기심을 참지 못하고 두리번거리기 시작했다.

사장이 웃으며 고개를 끄덕였다.

"오늘은 일이 많지 않아서 바로 해드릴 수 있어요. 그렇지만 아마 시간이 좀 걸릴 거예요. 괜찮으시면 여기서 기다리셔도 됩니다."

"그럼, 여기서 기다릴게요."

"샤오루, 뒤편 냉장고에 어젯밤에 끓여놓은 국화차가 있을 거야. 손님께 한 잔 따라 드리렴."

"뭐라고요? 왜 저한테는 마시라고 안 했어요?"

샤오루는 세탁소 뒤편으로 가면서 그동안 자신이 덥다고 하는 말을 무시하고 이제야 시원한 걸 내준다며 불평했다. 그러고는 세 잔 가득 따라 마셔야 분이 풀리겠다고 생각했다.

"우와! 사장님, 책이 정말 많네요!"

남자가 안경을 추켜올리며 눈을 크게 떴다. 신기하고 흥분된 표정으로 책이 가득 꽂힌 벽을 둘러봤다.

"진짜 도서관 같은데요?"

"한가할 때 책 읽는 걸 좋아하거든요. 다 읽고 나면 왠지 아쉬워서 그냥 놔두다 보니 어느새 책이 많아졌어요."

손님은 계속 책장을 살펴보느라 아무 대답도 하지 않았다.

"자, 드세요."

국화차가 투명한 유리잔을 연한 노란빛으로 예쁘게 물들였고, 유리잔에는 벌써 작은 물방울들이 맺혀 있었다.

"고맙습니다."

유리잔을 받아 들고서도 손님의 눈은 책으로 가득한 벽에 고정되어 있었다. 무언가를 찾는지 끊임없이 위아래로 훑어보았다.

에잇. 잠시 후 남자는 찾는 걸 포기하고 자신도 모르게 한숨을 쉬며 탁자 옆에 다가와 앉았다.

샤오루는 이 안경 쓴 손님이 정말 낯이 익었지만 도무지 누군지 생각이 나지 않아 줄곧 노려보다가 손님이 한숨 쉬는 순간을 포착

했다.

"어? 무슨 고민 있으세요?"

샤오루가 호기심 어린 눈으로 물었다.

"아, 아니에요."

그는 이미 자신의 마음을 들켰다는 걸 알아차리지 못했다.

"정말요? 방금 한숨을 크게 쉬셨잖아요! 저희 사장님 진짜 대단해요. 어떤 고민이든 한번 말씀해 보세요. 항상 손님들이 사장님과 이야기를 나누고 나면 웃으면서 돌아가시거든요. 정말 신기해요!"

"샤오루! 그게 무슨 소리야."

사장이 가볍게 그녀를 말렸다.

"제가 없는 소릴 한 게 아니잖아요! 진짜 대단해요."

샤오루는 사장님의 말을 받아치고 손님에게 이어서 말했다.

"고민이 있으면 그냥 한번 말해보세요!"

"학생이 철이 없어서 그런 거니 신경 쓰지 마세요. 그리고 그리 대단한 건 아니지만, 원하시면 말씀하셔도 됩니다. 그냥 하소연이라도 하시면 제가 들어드릴 수는 있어요."

"사실…… 제가 반년 전에 책을 한 권 냈어요."

"우와! 정말요? 작가셨구나!"

샤오루는 문득 자신이 이 주먹밥같이 생긴 남자를 약간 무시하고 있었다는 사실을 깨달았다.

"아뇨, 아니요! 감히 '작가'라고 할 수는 없고, 그냥 글 쓰는 걸 좋아했는데 운 좋게 책을 내게 되었어요."

손님이 수줍게 머리를 긁적였다.

"그래도 대단해요! 책을 출판하다니, 인생의 성취 하나를 이룬 거잖아요."

샤오루가 격려하며 말했다.

"성취요? 음, 저도 한때는 그렇게 생각했죠……."

남자는 손에 든 찻잔 속의 떠다니는 국화꽃을 바라보며 말했다. 국화꽃이라고 하기엔 이미 꽃잎이 거의 다 떨어져 있었다.

"왜요? 잘 안 팔렸어요?"

샤오루가 직설적으로 물었다.

"그, 그 정도는 아닌 것 같아요. 2쇄까지 냈어요."

남자가 다시 머리를 긁적였다. 분명 성취라고 할 수 있는데도 그는 그게 알려질까 두려운 것처럼 보였다.

"그럼, 뭐가 고민이에요?"

샤오루는 어리둥절했다.

"2쇄까지 낸 거면 대단한 거 아니에요?"

샤오루는 자신의 잔에 국화차를 따르고는 한 손으로 턱을 괴고 차를 홀짝이며 의기소침한 남자를 쳐다봤다.

이상하다. 이 손님 도대체 누구를 닮았더라?

"사실 어렸을 때부터 글 쓰는 걸 좋아했기 때문에 책을 낼 수 있다고 했을 때는 꿈을 이룬 것 같았어요. 그런데 책을 내고 나니 전혀 그런 게 아니더라고요."

답답해! 누구였더라? 샤오루는 아무리 머리를 굴려봐도 도무지 생각이 나지 않았다. 후텁지근한 실내 공기처럼 가슴이 답답했다. 생각에 몰두해 있느라 손님에게는 아무렇게나 대충 대답했다.

"아…… 그래요?"

"혹시 〈니모를 찾아서〉라는 영화 본 적 있어요? 거기서 니모가 어항 속에 잡혀 있다가 바다로 가려고 친구들과 엄청나게 노력하잖아요. 결국 바다에 도착하고 나서야 깨닫게 되죠……."

손님이 천천히 설명했다.

니모…… 니모라니! 어떻게 자기 자신을 주황색 물고기와 닮았다고 할 수 있지?

아! 맞아! 니모랑 닮았어! 이제야 생각났다! 둥그런 눈에 사다리꼴 얼굴형, 낙담한 표정 때문에 축 처진 눈썹, 그야말로 인간 니모잖아!

"맞아요!"

샤오루가 갑자기 소리를 지르는 바람에 사장과 손님이 동시에 어리둥절한 표정으로 그녀를 쳐다봤다.

"맞아요……. 그 바다가 엄청 더러웠잖아요!"

샤오루는 새어 나오는 웃음을 감추려고 얼른 국화차 한 모금을 마셨다.

"그렇죠! 제가 딱 그런 기분이었어요. 니모가 도착한 바다는 너무 더럽고, 깊고, 또 외롭죠. 바다에 도착했는데 이제 어디로 가야 하나? 어항은 비록 좁아도 친구도 있고 봐주는 사람도 있었는데. 드넓은 바다에 왔더니 나는 아무것도 아니고, 아무도 신경 쓰지 않아요. 혼자 이 깊은 바닷속을 허우적대며 헤매고 다니게 될 것 같은 기분……."

글을 쓰는 사람에게 창작이란 책을 내기 전까지 모든 감정을 홀로 소화해야 하는 외롭고 힘든 여정이다. 하지만 '출판'이라는 뚜렷한 목표가 있기에 외롭긴 해도 가장 힘든 과정은 아니다. 출판된 이후에야 비로소 진짜 시련이 시작된다.

가족과 친구들의 반응, 독자의 반응, 시장의 반응……. 이런 것들은 경험이 없는 작가가 책이 나오기 전에는 생각하지 못하는 것들이다. 책이 출판되는 것이 결과인 줄 알지만, 사실 이러한 심리적인 부분을 감내하는 것이 진짜 시험이다.

남자가 자신의 심경을 솔직하게 말하기 시작했다. 바다에 가면 모두 좋기만 할 거로 생각했지만, 막상 바닷속으로 들어가고 나니 자신이 너무나 보잘것없이 느껴졌다. 게다가 실시간 차트, 일간 차트, 주간 차트, 월간 차트, 연간 100위 차트 같은 순위표가 가장 잔인했다. 힘이 센 사람은 바람을 타고 파도를 헤쳐 나가지만, 약한 사람은 자칫 파도에 휩쓸려 나가떨어질 수밖에 없었다.

"그러면 책을 냈지만 꿈이 이뤄진 건 아니네요?"

샤오루는 덩달아 낙담했다.

꿈을 이루어도 영원한 만족을 느끼지 못한다면, 인간이 좇는 꿈이란 건 도대체 뭘까?

"아뇨, 그런 건 아니에요. 책이 출판되고 정말 기뻤어요! 꿈을 이뤘고, 많은 사람에게 축하받았죠. 오늘 가지고 온 가방은 제 누나가 책 출판 기념으로 선물해 준 거고요. 그런데 그만 곰팡이가 피고 말았네요."

남자는 줄곧 누나와 가장 가깝게 지냈다. 그가 '글 쓰는 것'을 직업으로 삼겠다고 결심했을 때 부모님의 반대, 형의 비웃음에도 불구하고 누나의 지지에 힘을 얻었다. 누나는 겉으로 표현하지 않아도 혹시라도 그가 굶을까 봐 음식이나 생필품을 종종 그의 자취방에 넣어주고 갔다. 그는 그것이 누나의 표현 방식임을 잘 알고 있었다.

출판사와 계약했다는 소식을 전했을 때 누나는 3초 정도 아무 말 없다가 갑자기 수화기에 대고 환호성을 지르며 그게 정말이냐고 세 번이나 물어봤다. 그 바람에 남자는 수화기를 몇 초간 귀에서 멀리 떼어놔야 했다. 책이 출간된 이후 누나는 친구에게 특별히 부탁해서 외국에서 노트북 가방을 사다 주었다. 앞으로 어디서든 노트북을 들고 다니며 원고를 쓸 테니 생계 수단을 잘 보호하라는 의미로 유명 브랜드의 노트북 가방을 선물해 준 것이다.

남자는 쓴웃음을 지으며 말했다.

"오늘 아침 가방에 곰팡이가 핀 걸 보고 처음엔 경악했는데, 책을 낸 이후의 제 현실과 비슷하다는 생각에 씁쓸하더군요. 처음엔 흥분되고 기뻤지만 곧 뒤따르는 현실에 무릎 꿇는 거랄까요."

"무릎을 꿇는다라……."

샤오루는 손님의 설명을 곱씹으며 그 알 듯 말 듯한 기분을 이해하려고 애썼다. 그녀는 노트북 가방 세탁에 열중하고 있는 사장님을 돌아보았다. 샤오루는 사장님이 고개를 숙이고 있지만, 손님의 이야기에 귀 기울이고 있다는 사실을 알고 있었다.

"책이 출판되고 나면 더 넓고 혼란스러운 전쟁터로 변하는 게 현실이에요. 순위 차트를 확인할 때마다 걷잡을 수 없는 열등감과 불안감이 자꾸만 밀려오죠. 실시간 차트에 올랐다가 이틀도 안 돼서 떨어진 걸 보며 일비일희하면서 스스로에 대한 회의감이 들어요. 내가 정말 글을 쓸 수 있는 사람일까? 게다가 요즘 감이 떨어져서 한 글자도 쓰지 못하고 있어요. 출판사에 손해만 끼치는 건 아닐까? 그들이 내 책을 낸 게 실수가 아니었을까? 이런 생각이 들수록 더 두려워져요."

"일희일비 아닌가요?"

샤오루가 반사적으로 그의 말을 고쳐주었다.

잠깐, 이 사람 작가 맞아? 이렇게 쉬운 사자성어도 틀리다니.

"아! 이거 봐요! 이런 걸 틀려서 학생이 고쳐주잖아요. 전 이미 틀렸어요."

그는 갈수록 의기소침해져 가뜩이나 헝클어진 머리카락을 양손으로 움켜쥐고 괴로워했다.

손님의 한층 격해진 반응에 샤오루는 당황한 나머지 빈 찻잔을 두 번이나 마셨다.

"인생의 막다른 길에 부딪혔을 때 어떻게 해야 하는지 아세요? 계속 앞으로 나아가면 됩니다."

조용히 듣기만 하던 세탁소 사장이 갑자기 입을 열었다.

"도리가 말한 대사예요!"

샤오루가 놀라서 외쳤다.

"사장님도 니모를 보셨어요? 어쩐지 저도 방금 그 말이 떠올랐어요."

사장은 자신이 애니메이션을 봤다는 걸 한참이나 어린 사람에게 들켰다는 생각에 조금 민망해서 멋쩍게 웃었다.

"영화에 그런 대사가 있었나요?"

손님은 조금 진정된 것 같았다.

"있어요! 도리가 한 말이에요."

샤오루가 고개를 끄덕이며 난감한 상황에서 자신을 구해준 사장에게 고맙다는 눈짓을 보냈다.

"글 쓰는 걸 좋아하세요?"

사장이 물었다.

"좋아하죠!"

남자가 조금도 망설임 없이 대답했다.

"좋아하지 않으면 그렇게 많은 시간을 쓸 수가 없어요."

자판을 치는 행위는 무형의 생각을 유형의 것으로 바꾸는 것과 같다.

글쓰기는 평온함을 가져오고 글쓴이의 생각을 더욱 뚜렷하게 한다.

그것은 마음의 물결을 가라앉히고 정리하는 과정이며, 뇌에서 손가락을 거쳐 스크린에 옮겨졌다가 눈을 통해 다시 뇌로 돌아간다. 마치 바다의 해류처럼 규칙적이고 안정적으로 움직이며, 외부 환경의 변화에 따라 속도가 바뀌더라도 방향은 바뀌지 않는다.

안경을 쓴 남자는 깊은 바다 밑에서 길을 헤매는 흰동가리였다. 길을 잃기 전에는 따뜻한 해류의 움직임을 즐겼다.

"누구를 위해서 글을 쓰세요? 글은 왜 쓰세요?"

"저는……."

손님은 맥이 다 풀린 듯 의자에 축 늘어져 있었다.

"처음엔 그렇게 많은 생각을 하지 않았어요. 그냥 제가 쓴 글을 보고 싶어 하는 사람만 있으면 충분히 행복하다고 생각했죠."

"세탁 일을 하면서 일이 없을 때 책 읽기를 좋아하는 사람으로서 말씀드리자면, **책을 열심히 쓰는 사람은 당연히 그걸 읽는 독자를 이해해야 해요. 둘은 서로 의존적인 관계죠.**"

"그것 보세요! 제가 대중의 평가가 중요하다고 했잖아요!"

바람 빠진 풍선 인형처럼 축 늘어져 있던 손님이 대뜸 일어나 큰 소리로 대답하는 모습이 조금은 우스꽝스러웠다.

"하지만 창작의 과정에서조차 그런 득실을 따진다면, 결국 내 것이 아닌 작품이 나오게 돼요. 다른 사람이 좋아하는 것이 무엇인지만 생각하다 보면 자신이 정말 쓰고 싶은 것이 무엇인지를 잊어버리는 거죠. 좋은 평가를 받기 위함이 손님의 초심은 아니었잖아요?"

"틀린 말씀은 아닌데, 좋은 평가를 받지 못하면 뭘 위해서 계속 글을 써야 하는 거죠?"

"좋은 평가를 못 받았나요? 방금 본인의 책이 2쇄까지 출판되었다고 하셨잖아요? 출판사가 그런 결정을 했다면 그에 맞는 기준이 있지 않았을까요?"

남자는 사장의 질문에 말문이 막혔다. 차마 말은 못 했지만, 사실 그 판매량이 어쩌면 누나가 몰래 사 모은 것일 수도 있다고 생각했다.

"자신을 믿지 못하는 건가요?"

남자는 여전히 대답하지 못하고 한숨만 쉬었다.

그는 이 모든 것이 비현실적이라고 생각했다.

좋아하는 일로는 생계를 유지하기 어려운 거 아닐까? 자신이 이미 작가이고, 출판계약서를 가지고 있었음에도 자신의 재능을 믿지 못했다. 누나를 제외하고는 가족 중에 자신을 응원하는 사람이 없었다. 어른들은 그가 더 비현실적으로 변할까 봐 걱정하며 소위 '바른길'로 돌아가야 한다고 끊임없이 말했다. 그러니까 안정적인 직업을 찾아 스스로를 먹여 살리는 것이 중요했다.

그는 니모가 아니다. 이야기 속의 니모는 바다에서 그를 찾고 기다리고 응원하는 아빠가 있었다. 현실에서 그의 아버지는 그에게 할 일 없이 빈둥거리지 말라는 말만 할 뿐이었다.

"자신을 믿을 자격이 있을까?"

남자가 갑자기 내뱉은 말이 혼잣말인지 두 사람에게 묻는 말인지 알 수 없었다.

"그럼 그만두고 싶어요? 앞으로 글을 쓰지 않는 인생을 살아갈 각오가 되어 있나요?"

"당연히 아니죠! 계속 쓰고 싶어요. 아직도 하고 싶은 이야기가 많다고요! 하지만 너무 불안해요. 제가 원하는 방향으로 계속 나아가지 못할까 봐 두려워요. 영원히 이룰 수 없는 꿈을 좇다가 결국 실망할까 봐 무서워요."

앞으로 글을 쓰지 못할 것을 상상하니 그는 더욱 괴로워졌다. 벌겋게 상기된 얼굴은 더욱 니모를 닮게 만들었다. 아니, 그냥 잔뜩 부풀어 오른 니모 그 자체였다.

"**불안하다는 게 사실은 손님이 그만큼 중요하게 생각한다는 거 아닐까요?** 중요하게 여길수록 통제하기 어려운 감정과 부정적인 감정이 확대되는 경향이 있어요. 너무 중요하게 생각하고 그 속에 있다 보면 미래를 제대로 볼 수가 없어요. 하지만 지금 당장 앞을 보지 못하더라도 그게 계속 시도할 가치가 없다는 의미는 아니잖아요?"

"계속 시도하는 게 정말 의미가 있을까요?"

손님은 두 손으로 머리를 감싸며 씁쓸하게 말했다.

"의미가 있는지 알아보려면 그 의미가 나타날 때를 기다려야죠! 의미라는 건 실제로 결과가 나타나야 눈에 보이잖아요? 지금은 그저 과정일 뿐이에요. 손님이 멈추지만 않는다면 말이죠."

남자는 사장의 말을 곱씹으며 생각했다. 그는 멈추고 싶지 않았다. 하지만 계속 나아가는 것이 의미가 있을까? 만약 계속 시도할 자격이 있다면 혹시 노력이 부족한 것은 아닐까?

"그렇다면 제 노력이 부족했을까요?"

그는 마음속의 의심을 꺼냈다. 이것은 단순히 자신의 의심뿐만 아니라 다른 사람들이 그에게 품는 의심이기도 했다. 사람들은 그가 종일 무기력해하는 모습을 보았지만, 그의 마음속에 자리한 깊은 불안은 알지 못했다. 시간이 흐르면서 그 역시도 자신의 문제가 아닐까 하는 생각을 피할 수 없었다.

"손님한테 '노력'이 뭐죠? 뭘 위해서 노력하는 건가요?"

"노력은 당연히 자신을 빛나게 하고 기대했던 사람들이 실망하지 않도록 하는 거죠! 그리고 절 무시했던 사람들이 틀렸다는 걸 증명하는 거예요!"

그의 머릿속에 문득 아버지가 떠올랐다.

"하지만 자신의 가치를 증명하려고 지나치게 노력하다 역효과가 난다면, 진정 목표를 이루었다고 할 수 있을까요?"

사장의 눈빛이 마치 마음을 꿰뚫어 보는 것 같았다.

"노력하지 않으면 성공할 수 없어요!"

손님이 큰 소리로 반박했다.

"좋아요. 그럼 이렇게 물어보죠. 노력하지 않으면 어떻게 되는데요?"

"실패하죠! 모든 사람이 내 실패를 보고 비웃을 거예요."

손님은 자신이 글을 쓰지 못하는 것을 보고 모두가 비웃을 거라고 생각하는 것만으로도 몸서리가 쳐졌다. 무슨 수를 써서라도 얕보일 수는 없었다.

"저한테 있어서 노력은 다른 사람의 눈에 보이는 실패를 피하기 위해서가 아니라, 내 눈에 더 나은 내가 되기 위해서 하는 거예요."

"더 나은 내가 된다고요?"

"지금의 손님은 1년 전보다 나아졌다고 생각하시나요?"

"아마도 그렇겠죠……."

"그럼, 계속 나아가고 시도하다 보면 **1년 뒤엔 지금보다 더 낫지 않을까요?**"

"그렇겠죠……."

"그거면 되는 거 아닌가요?"

"어쩐지 자신을 속이는 것 같은데요."

입을 오므리고 있던 아모(阿莫)의 입꼬리가 축 처지자, 그의 턱이 한층 더 넓어 보였다.

"앗! 가방에 구멍이 뚫렸네요!"

사장이 갑자기 소리를 질렀다.

"뭐라고요?"

샤오루와 손님이 깜짝 놀라 외쳤다. 어쩌다가 노트북 가방에 구멍이 났지?

"봐봐요."

손님이 앞으로 달려들었다.

"하하, 아니에요. 제가 거짓말을 했어요."

사장이 실없이 웃으며 새하얀 이를 드러냈다.

"뭐예요! 하나도 안 웃겨요."

샤오루가 나무라는 듯이 불평했다.

"그러니까 곰팡이를 지우려고 너무 노력하다가 구멍이 나버리면, 그건 우리가 바라던 결말이 아니잖아요?"

"그게 무슨 뜻이죠?"

"글 쓰는 일도 마찬가지로 손님이 너무 노력한다는 거예요. 다른 사람이 원하는 것을 찾으려고, 도태되지 않으려고 애쓰고 있잖아요? 하지만 사람은 언제나 그 상황을 벗어나야 비로소 더 넓게 볼 수 있어요. **너무 노력하지 않는 것이 최고의 노력이랍니다.**"

"조금…… 심오한 것 같아요."

남자는 안경을 추켜올리고 다시 생각에 잠겼다.

"제 생각엔 '뭘 써야 하는지'가 아니라 '뭘 쓰고 싶은지'에 집중을 해봐도 좋을 것 같아요."

"무슨 말인지 알겠어요! 게임을 할 때 점수만 생각하면 게임이 엉망진창이 되지만, 게임 자체에만 집중하면 오히려 높은 점수를 받을 수 있어요!"

줄곧 말할 기회가 없던 샤오루가 마침내 한마디 끼어들었다.

손님과 세탁소 사장이 어떻게든 대화에 끼어들고 싶어 하는 소녀를 동시에 쳐다봤다.

두 사람이 쳐다보자 샤오루는 자신이 지나치게 노력한 나머지 어색한 상황이 되었음을 깨달았다.

세 사람이 모두 조용해지자 문득 창밖에 비가 그쳤음을 알 수 있었다.

“음, 맞는 것 같은데? 나도 게임할 때 그런 느낌을 받은 적이 있어.”

아모가 소녀의 위기를 부드럽게 넘겨주었다.

사실 세탁소 사장의 말은 그를 초심으로 돌아가게 해주었다. 사람의 마음은 길을 잃을 때가 있지만, 초심이 변하지 않는다면 길은 금방 다시 찾을 수 있다.

“하지만 제 생각을 말씀드렸을 뿐이고, 결국엔 글을 쓰는 사람이 결정해야죠. 제가 봤을 때 손님은 이미 바닷속을 힘차게 헤엄쳐 가는 물고기 같아요. 바닷속에서는 흰동가리든 고래든 다 똑같아요.”

작업대 앞에 서 있던 사장은 다시 일에 집중했다.

“어, 어, 맞아요. 우린 모두 바닷속에 있죠…….”

손님은 머리를 긁적이며 혼자 중얼거렸다. 가슴 속에 답답했던 부분이 자신도 모르게 조금 해소된 것 같았다. 그는 누나가 노트북 가방을 주며 했던 말을 떠올렸다.

"내 동생이 문인이라니, 우리와는 완전히 차원이 달라!"

누나의 자랑스러워하는 표정은 자신이 한 걸음씩 제대로 나아가고 있음을 깨닫게 했다.

세탁소 사장은 문득 얼마 전에 본 동물 프로그램의 내용이 생각났다.

"그거 아세요? 흰동가리는 사실 주변 환경에 따라 성별을 바꿀 수 있다는 거?"

"뭐라고요?"

손님과 샤오루가 동시에 입이 떡 벌어진 것을 보고 사장은 웃음이 터질 뻔했다.

"정말이에요. 흰동가리 무리에서 몸집이 가장 큰 놈이 암컷이고, 두 번째로 큰 놈이 수컷인데, 다른 놈들은 아직 성별이 분화되지 않은 어린 물고기래요. 그러다 몸집이 가장 큰 암컷이 죽으면, 기존의 수컷이 가장 몸집이 크니까 암컷이 되고, 미분화된 어린 물고기 중에서 가장 큰 놈이 수컷이 된대요."

"사장님 무슨 얘기를 하시는 거예요?"

두 사람은 그 말에 어리둥절해졌다.

"흰동가리는 다른 사람의 필요에 따라 자신을 변화시키는 것이 아니라 환경의 변화에 따라, 그러니까 자신의 필요에 따라 변화하는 거예요. 자기 자신이 니모라는 생각이 든다면 진정한 흰동가리로 변해보세요. 다른 사람을 위해 노력하는 것이 아니라 본인이 어떤 모습으로 바뀌고 싶은지를 위해 노력하는 거죠. '너무 노력하지 않는 노력', 그러니까 바다에서 빨리 헤엄칠지 느리게 헤엄칠지는 본인이 선택하는 거예요. 자기가 어떤 모습이 되고 싶은지만 기억하면 돼요."

사장의 나지막하고 느린 목소리에 손님은 저절로 귀를 기울이게 되었다.

"본인이 선택한다고요? 그러니까 노력하고자 하는 방향만 기억해서 원하는 모습으로 변해간다면 사람들에게 받아들여질 거라는 말씀인가요? 음, 가능할 것 같네요."

손님은 고개를 돌려 창밖을 바라봤다. 비가 그친 마당의 나뭇잎 사이로 가느다란 빛이 새어들고 있었다.

그는 언젠가 본 적 있는 글을 떠올렸다.

글쓰기는 외로운 과정이지만, 그런 외로움이야말로 글쓴이의 독창성을 드러낸다. 세상에 똑같은 작가가 없듯이 같은 주제라도 각자만의 독특한 시각과 표현으로 살려낸다. 글쓰기는 마치 빛과 같아서 글을 읽는 사람들의 마음에 따뜻함을 전해준다. 따라서 글쓰기는 고독한 여정이지만, 외로워할 필요는 없다.

세탁소 사장의 말에 그는 줄곧 자신이 글쓰기에 대해 가졌던 마음이 되살아나는 걸 느꼈다. 글쓰기는 원래 자신을 치유하는 과정이었는데 지나치게 외부의 시선을 의식하다 보니 어느새 잊어버린 것이다.

"네, 사장님! 저 결정했어요!"

그가 갑자기 벌떡 일어서자, 의자가 뒤쪽 책장에 쿵 하고 부딪혔다.

"제가 어떤 작가가 될지 결정하기 전에, 이곳에 봉사활동을 하러 오기로 했어요! 앞으로 자주 와서 여기 있는 책들을 정리할게요!"

"어?!"

이번에는 사장과 샤오루가 서로를 쳐다보며 너무 놀라 아무 말을 하지 못했다.

창밖 날씨가 한층 더 맑아졌다. 바깥의 식물들은 그가 올 때와는 달리 짙고 푸른 녹색을 띠었다.

"좋아요! 그럼 저도 동료가 생겼네요!"

창밖에서 시원한 바람이 들어왔다. 샤오루는 동료가 생긴 것에 환호했다. 그녀에게 첫 번째 작가 친구가 생겼으니, 학교에 가서 친구들에게 자랑할 뿐만 아니라 대학생이 된 남자친구에게 자신이 어리다고 얕보지 못하게 말해줘야 했다.

그런데 어찌된 일인지 세탁소 사장은 몸서리를 쳤다. 평온한 일상을 즐기던 그의 삶이 앞으로 어떻게 바뀔지 짐작할 수 있었기 때문이다.

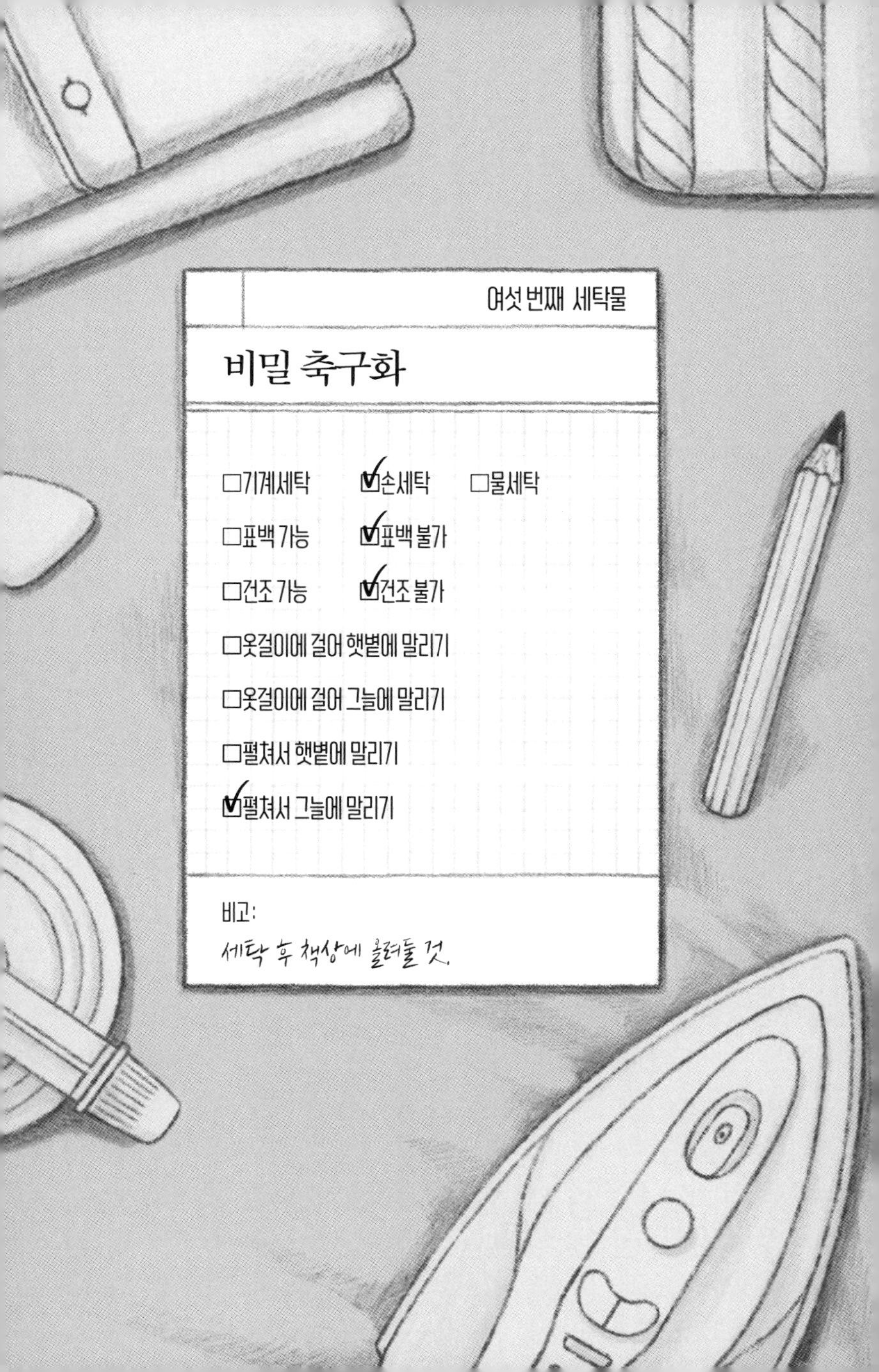
여섯 번째 세탁물
비밀 축구화
□기계세탁 ☑손세탁 □물세탁
□표백 가능 ☑표백 불가
□건조 가능 ☑건조 불가
□옷걸이에 걸어 햇볕에 말리기
□옷걸이에 걸어 그늘에 말리기
□펼쳐서 햇볕에 말리기
☑펼쳐서 그늘에 말리기
비고:
세탁 후 책상에 올려둘 것.

"할아버지, 할머니, 다녀왔습니다."

삐걱거리는 소리와 함께 자전거 브레이크 소리가 골목 끝에서 울렸다. 소년은 자전거를 마당 입구에 세워놓고 나무 방충문을 열고 안으로 들어갔다.

"성아, 수업 잘 들었니? 많이 덥지? 얼른 손하고 얼굴 씻고 와서 냉장고에 있는 시원한 녹두차 좀 마시렴."

할머니의 동글한 얼굴에는 돋보기가 얹혀 있고, 가늘게 뜬 눈꼬리에는 주름이 길게 드리워져 있었다. 그녀는 탁자 앞에 앉아 손가락으로는 주판알을 이리저리 튕기며 눈으로는 장부의 숫자를 주시하고 있었다.

그녀의 집중한 표정은 순간 문을 열고 들어오는 소년과 어쩐지 닮아 있었다.

집 안으로 들어온 이성은 바쁜 할머니를 보자 언짢은 듯 입을 오므렸다. 이어서 메고 있던 크로스백을 뒤로 넘기고 할머니 곁에 다가가 탁자 오른쪽 서랍을 열고 계산기를 꺼냈다.

"할머니, 왜 제가 드린 계산기는 안 쓰세요?"

"아이고, 계산기를 왜 쓰니? 내가 주판을 얼마나 잘하는데!"

할머니는 소년이 꺼내준 계산기를 밀어놓고 장부를 계속 들여다보았다.

"그건 이제 고물이 다 됐잖아요. 보세요!"

이성은 장부만 한 계산기를 할머니 앞에 억지로 밀어 넣었다.

"그 주판은 칠도 다 벗겨졌잖아요. 계산기로 하면 더 정확하고 빨라요!"

할머니는 다시 소년의 손을 옆으로 치웠다.

"고물이라니?! 이건 네 할아버지와 결혼했을 때부터 쓴 거야. 지금까지 잘 쓰고 있는데 무슨 고물? 너 할머니도 고물이라 싫어하겠구나?"

"아니에요……."

할머니의 말에 이성은 말문이 막혔다.

"전 그냥 할머니가 새 걸 쓰셨으면 해서요."

"너처럼 젊은 사람들은 모든 걸 당장 새 걸로 바꾸려고 하는데 그러면 안 돼. 물건은 오래될수록 그만한 가치가 있단다. 할머니는 이 주판이 익숙한데 계산기는 손에 익지 않구나."

"그럼 이 계산기는 어떡해요? 제가 산 건데."

이성은 뽀로통한 표정을 지었다.

할머니는 고개를 들어 이미 훌쩍 자라 그녀보다 머리 하나는 더 큰 소년을 바라봤다.

"뭘 어떡하니? 물건은 새것이든 헌것이든 제 주인이 있단다. 이 계산기는 내가 못 쓰더라도 언젠가 너나 다른 사람에게 필요할지도 몰라. 네 마음은 할머니가 다 알고 고맙게 생각한단다. 그러니 내가 잘 보관해 두었다가 필요할 때 꺼내 쓰면 돼."

할머니가 미소를 짓자, 쌍꺼풀 없는 가늘고 긴 눈이 반달 모양으로 바뀌었다. 나이가 들면서 할머니의 얼굴이 더욱 자상해 보였다.

"하지만……."

이성은 할머니의 눈가 주름을 보다가 문득 할머니가 평소에는 온화하지만 고집을 부리면 젊은 사람에 뒤지지 않는다는 사실을 깨달았다.

"됐다, 됐어! 얼른 가서 얼굴 씻고 냉장고에 있는 녹두차나 마시거라. 그리고 오늘은 할아버지를 도와 세탁물 배달을 좀 해줘야겠다. 그래야 일찍 문을 닫고 축하 파티를 하지."

축하 파티라는 말을 듣고서야 이성은 오늘이 중요한 날임을 떠올렸다.

"맞다! 깜빡할 뻔했어요. 할머니 그러면 혹시……."

말이 채 끝나기도 전에 할머니는 그가 무슨 말을 하는지 알 수 있었다.

"받았지! 받아도 벌써 받았지, 안 왔을 리가 있니?"

"어디 있어요?"

소년은 기쁨을 감추지 못하고 주위를 두리번거렸다.

"여기 있다."

이성의 할아버지가 뒤편에서 걸어 나왔다.

"할아버지!"

할아버지 손에 들린 신발상자 크기의 선물을 보고 이성은 입이 헤벌쭉해졌다.

"이른 아침부터 택배를 받았단다. 봐라, 열여섯 살은 역시 다르구나. 올해 선물은 특별히 더 큰 것 같네. 이렇게 큰 선물을 받아본 적 있니?"

할아버지는 미소를 지으며 오늘 막 열여섯 살이 된 손자에게 선물을 건네주었다.

매년 생일날이 되면 선물이 도착해 있었는데, 올해도 예외가 아니었다.

"감사합니다, 할아버지."

이성은 입이 다물어지지 않고, 눈동자는 보이지 않을 정도로 활짝 웃었다.

"성아, 왜 그러니? 한번 열어보지 그래?"

할머니는 소년이 받아 든 신발상자를 보기만 할 뿐 아무런 행동을 취하지 않는 것을 보고 의아했다. 그녀는 옆에 있는 남편을 힐끗 쳐다보았고, 두 사람의 눈이 마주치자 왠지 불안했다. 그러나 남편은 그녀에게 고개를 끄덕이며 안심시켰다.

"아니에요. 저녁 먹고 나서 케이크 먹을 때 열어봐야 생일 선물 느낌이 나죠!"

"하하하."

조용했던 세탁소에 할아버지의 낮고 쾌활한 웃음소리가 울려 퍼졌다.

"이 녀석아, 케이크까지 챙기려고."

"당연하죠!"

소년이 모를 리 없었다. 할아버지와 할머니는 평소에 소박하게 지내며 어떤 간식거리도 사지 않는 분들이셨다. 유일하게 그의 생일에는 꼭 케이크를 준비하셨는데, 올해도 분명 고구마 케이크일 것이다. 사실 그는 고구마 케이크를 딱히 좋아하지 않지만, 두 분이 좋아하는 맛이기에 자기도 제일 좋아한다고 했다. 모처럼 먹는 케이크는 두 노인의 선의이자 소년의 사랑이었다.

이성이 학교에 입학한 후부터 매년 생일마다 세 사람이 함께 보냈다. 그리고 손에 들고 있는 이 선물이 할머니와 할아버지가 준비한 것임을 알고 있었다. 두 사람은 비밀을 잘 숨겼다고 생각했지만 이성은 이미 3년 전쯤부터 선물에 숨겨진 비밀을 알고 있었다.

처음에는 소포에 예쁜 카드가 들어 있었는데 이후 간단한 쪽지로 대체되었다. 그 이후로도 매년 선물이 왔지만 쪽지는 더 이상 들어 있지 않았고, 해외 우표 소인이 국내 소인으로 바뀌어 있었다. 철이 든 소년은 할머니와 할아버지에게 왜 쪽지가 없는지 한 번도 물어보지 않았다.

인생에는 어느 정도 거짓말과 위장이 필요하다. 이는 결코 상대를 속이기 위한 것이 아니라 사랑하는 사람의 마음을 지켜주기 위한 것이다.

이성은 자신이 알아차린 변화를 묵묵히 마음에 담아두었지만, 카드를 쓰던 사람이 언젠가 다시 집 앞에 나타나기를 기다렸다. 그의 그리움은 시간이 지나도 사라지지 않고 가슴 깊이 파묻혔다. 가끔씩 그리움이 터져 나오려고 해도 그는 입 밖으로 내뱉지 않았다.

그리움은 거짓말과 같아서 말할수록 커지는 것이다.

"할아버지, 배달할 옷은 어디 있어요? 제가 먼저 갈게요."

이성은 잘생긴 얼굴로 두 사람을 향해 미소를 지어 보였다. 웃을 때 생기는 보조개는 각 잡힌 인상을 부드럽게 만들었다.

그는 상자를 조심스레 들고 방으로 들어가 책상 위에 올려뒀다. 열어보지 않아도 뭐가 들었는지 알 수 있었다. 평소에 검소하신 할머니와 할아버지가 지난달부터 어떤 축구화가 갖고 싶은지 알아내려고 했기 때문에 모를 수가 없었다.

"뭐가 그렇게 급하니? 녹두차부터 마시지 않고?"

할머니가 소년의 방을 향해 소리쳤다.

"안 마실래요! 옷 갈아입고 배달부터 다녀올게요. 저녁밥과 케이크를 위해서 배를 비워둬야 해서요."

얼마 후 가벼운 흰색 티셔츠와 운동복 바지로 갈아입은 소년이 방에서 나와 할아버지의 지시에 따라 세탁을 마친 손님들의 옷을 자전거에 걸었다.

"다녀올게요!"

그는 능숙하게 자전거에 올라탔다.

"길 조심하고, 차 조심하거라!"

할머니는 마당 입구에 서서 습관처럼 소년에게 신신당부했다.

"네! 알았어요!"

이성이 자전거 페달을 밟으며 고개를 돌려 인사하는 바람에 할머니는 더 깜짝 놀랐다.

"앞을 봐야지!"

"네! 걱정하지 마세요!"

손자의 모습이 골목 어귀에서 사라지는 것을 보고 나서야 그녀는 집에 돌아와 앉아서 다시 주판을 튕겼다.

"성이가 선물한 계산기는 어쩌고?"

이번엔 남편이 물었다.

"오랜 습관을 고치기 어려운 건 알지만, 힘들고 효율이 떨어지면 새로운 물건을 익히는 편이 낫지 않겠어? 사람이 발전할 줄 알아야지."

부인은 의미심장한 표정으로 남편을 바라보며 천천히 입을 열었다.

"당신은 내가 진짜로 오래된 물건이 아까워서 그런 줄 알아?"

"아니면?"

흥, 부인이 콧방귀를 뀌었다. 남편이 그녀의 마음을 이렇게 모를 줄은 몰랐다.

"나는 새 물건을 쓰는 게 아까운 거야."

"쓰기 아깝다고?"

부인은 더 이상 대답하지 않고 고개를 숙인 채 숫자에 집중했다.

손가락은 주판 위를 날아다녔고, 주판알이 튕기는 소리가 끊기지 않았다.

계산기를 선물하던 아이의 표정을 떠올리자, 그녀의 입가에 미소가 피어오르고 가슴이 따뜻해졌다. 아이가 어느새 이렇게 커서 몰래 용돈을 모아 그녀에게 선물을 다 했다. 이걸 아까워서 어떻게 쓸 수 있겠는가.

물건에 대한 사람의 감정을 표현하는 방식은 저마다 다르다. 어떤 사람은 소중히 여기다 못해 손에서 놓지 못하는가 하면, 어떤 사람은 혹시나 더러워지고 상할까 봐 쓰지도 못하고 소중히 간직하려고 한다. 이처럼 물건을 아끼는 방식은 그 물건의 주인만 알 수 있다.

부인은 열심히 주판알을 튕기며 남편의 질문을 무시했다.

…

그날 저녁, 세 사람이 함께 생일을 축하한 뒤 이성은 즐거운 기분으로 잠자리에 들었다. 그런데 단 음식을 너무 많이 먹었는지, 잠든 지 얼마 안 되어 목이 말라 잠에서 깼다.

익숙하게 2층의 캄캄한 복도를 지나 물을 마시러 아래층으로 내려가려고 했다. 평소 일찍 주무시는 두 분을 깨울까 봐 일부러 조용히 움직였는데, 계단 입구쯤 가자 뜻밖에도 할머니 할아버지가 아래층에서 조용히 대화하는 소리가 들렸다.

"목소리 좀 낮춰! 성이가 아직 깨어 있으면 어떡해?"

할머니의 목소리였다.

"어떻게 더 작게 말해?"

그 옆에서 할아버지의 초조한 목소리가 들렸다. 그런 초조한 목소리는 지난 몇 년 동안 거의 들어본 적이 없었다. 그는 이 대화가 자신과 관련이 있다는 것을 직감하고 귀를 기울였다.

"에휴, 그 애도 진짜 너무해. 몇 년 동안 성이를 보러 오지 않은 것도 그런데, 고작 짧은 편지 한 통으로 아이를 계속 맡아달라니? 성이의 기분이 어떨지는 생각하지 않는 걸까?"

뭐라고? 계단 입구에 쭈그리고 앉아 있던 이성은 자신이 제대로 들은 건지 확신할 수 없었다. 뇌는 아직 어떻게 반응해야 할지 모르는데 몸이 먼저 반응하기 시작했다.

심박수가 빨라져 가슴이 쿵쿵 울렸고, 가빠져 오는 호흡을 숨을 참아 겨우 진정시킬 수 있었다.

"진짜 그러면 안 되지. 엄마가 아이를 보러 오지 않는다니. 하지만 나는 반대로 성이가 계속 우리 곁에 있는 것도 좋아. 이렇게 오래 키웠는데, 갑자기 나타나서 데려간다고 해도 섭섭해."

"물론 나도 데려간다고 쉽게 보내지 않겠지만, 엄마라는 사람이 몇 년 동안 아무 소식도 없다는 게 너무 잔인하잖아!"

할아버지의 말투에는 분노뿐만 아니라 손자에 대한 안타까움이 들어 있었다.

"걔를 어릴 때부터 봐와서 알아. 놀기 좋아하고 어린애 같은 구석이 있어. 좀 더 지나서 아이 생각이 나면 보러 오겠지. 어쨌든 착한 성이가 우리하고 사는 편이 엄마하고 떠돌아다니면서 남들 눈치 보며 사는 것보다 훨씬 안정적이고 나을 거야."

"당신 말도 맞아. 그런데 애가 엄마와 떨어져 지낸 지 벌써 10년이 된 걸 생각하면, 너무 가엽지."

"뭐가 가여워? 우리가 얼마나 잘 돌봐줬는데."

모든 대화를 들은 이성은 넋을 잃고 계단 입구에 멍하니 앉아 있었다. 저녁까지만 해도 즐겁게 생일 파티를 했는데, 이제 와서 이런 핵폭탄을 맞다니!

이게 다 뭐야? 몇 년간 아무 소식도 없었던 건 그렇다 치고, 지금 아무렇게나 쓴 편지 한 통으로 나를 다른 사람에게 넘겨주겠다니, 이게 무슨 엄마야?

이성은 넋이 나간 채 방으로 돌아와 책상 위를 응시했다. 어릴 때부터 매년 엄마가 보내온 선물들을 바라보다가 갑자기 자신이 버려졌다는 생각이 솟구쳤다.

그는 책상 앞으로 성큼성큼 걸어가서 눈앞에 보이는 모든 선물과 오늘 받은 새 축구화까지 쓰레기통에 처박았다. 엄마가 보낸 축구화가 아닌 걸 알았지만 그런 걸 신경 쓸 겨를조차 없이 엄마를 상징하는 모든 것을 버리고만 싶었다.

새 축구화, 비싼 브랜드 농구공, 세련된 클래식 자동차 모형까지 모두 쓰레기통에 던져 넣었다.

눈물이 걷잡을 수 없이 흘러나와 그의 눈앞을 가렸다.

그는 얼굴을 세게 문질러 눈물을 닦아냈다. 울긴 왜 울어? 화가 나는데 왜 울어?

눈물은 아끼는 사람에게나 주는 것이다.

엄마가 이미 나를 아끼지 않는데 내가 왜 엄마를 아껴야 해?

쓰레기봉투를 단단히 묶으려고 매듭 위에 또다시 매듭을 지었다.

마치 그동안 엄마를 그리워했던 자신의 마음을 묶는 것 같았다.

감정은 마음의 언어다.

그러나 지금 그는 누군가가 심장을 쥐어짜는 것처럼 모든 감정이 알 수 없는 형체로 일그러졌고, 떨릴 정도로 아픈 가슴이 무슨 말을 하는지 알아들을 수 없었다. 지난 몇 년 동안 엄마가 곁에 없었던 모든 불만, 억울함, 원망, 그 밖에 뭔지 모를 감정들이 얼굴에 흐르는 눈물, 콧물과 함께 뒤섞여 분노와 수치심으로 변했다.

단단히 묶은 쓰레기봉투를 이불 속에 감추고 어린 시절 기억 속의 자신처럼 이를 악물며 울지 말자고 되새겼다.

그날 밤, 이성은 자신이 어떻게 잠들었는지 알지 못했다.

화가 나서 물건을 버렸던 그날 밤, 아래층에 있던 할머니와 할아버지가 위층에서 나는 소리를 듣고 올라와 방문 앞을 지켰다는 사실도 몰랐다.

할아버지는 몇 번이나 방문을 열려고 했지만, 할머니가 가로막았다.

"소리 내어 울어서 차라리 다행이야. 밖으로 뛰쳐나가지만 않으면 좋겠어."

그녀가 남편에게 말했다.

부모로서 가장 힘든 일은 종종 아이의 슬픔을 지켜봐야 하는 것이다. 두 사람은 그저 조용히 곁을 지키기만 할 뿐 아무것도 할 수 없었다.

그 고통 때문에 주름살이 하나 늘고 흰 머리카락이 더 자랐다.

그것은 부모와 자식이 함께 겪는 성장통이었다.

그렇게 두 노인은 밤새 걱정스러운 마음으로 방문 앞을 지키며 이성이 방에서 울도록 내버려두었다.

…

다음 날 아침, 이성은 마지막 순간까지 질질 끌다가 늦잠을 잔 것처럼 연기하며 방에서 나와 곧바로 자전거를 타고 학교에 갔다. 그 덕에 퉁퉁 부은 눈을 할머니와 할아버지에게 들키지 않을 수 있었다.

방과 후에 그는 웃으면서 아무렇지 않은 척 세탁소로 돌아왔다.

방으로 들어왔을 때 이성은 엄마가 보내온, 전날 밤 자신이 버린 선물들이 모두 책상 위에 그대로 놓여 있는 것을 발견했다. 심지어 축구화는 세탁까지 된 후에 신발상자에 들어 있었다.

마치 아무 일도 일어나지 않은 것 같았다.

그는 믿을 수 없다는 듯이 1층 세탁소로 달려가서는 고함을 질렀다.

"할머니! 왜 저것들이 제 방에 있어요? 왜 세탁까지 했어요? 다 필요 없다고요!"

그는 자존심을 지키려고 얼굴을 붉히고 빠른 속도로 말을 내뱉었다.

할머니는 돋보기를 쓰고 고개를 숙인 채 손님 셔츠에서 떨어진 단추를 꿰매면서 담담하게 말했다.

"모든 물건에는 존재의 의미가 있어서, 아무리 감정이 들어 있더라도 물건 자체의 가치를 상하게 해서는 안 된단다."

이성의 얼굴이 붉으락푸르락해졌다.

"네가 싫어하는 건 그걸 보낸 사람이겠지만, **물건들과 그 물건을 만든 사람들은 아무 죄가 없단다.** 잘못을 한 건 물건이 아니지 않니?"

할머니의 여유로운 대답에 이성은 이를 악물고 쿵쾅거리며 2층으로 올라갔다. 방에 돌아온 그는 계속 분노하며 책상 위의 물건들을 노려보았다.

물건들이 그에게 이렇게 말하는 것 같았다.

"우리는 너처럼 버려졌고, 아무도 우릴 원하지 않아."

하지만 할머니는 물건들을 다시 주워서 깨끗이 정리해 두었다.

그해 할머니가 따뜻하게 그를 받아준 것처럼. 어느 누가 뭐라고 해도, 심지어 남의 집 아이를 키우냐고 비웃음을 당해도 할머니는 아이에게 화를 내지 않았다.

이 집에 들어온 이후로 지금까지 단 한 번도 자신을 '아무도 원하지 않는다'고 느낀 적이 없었다.

어린 이성이 심한 장난을 쳤을 때도 할머니는 크게 나무라지 않았다.

버려진 물건을 본 할머니는 그저 평소처럼 담담하게 인생에서 중요한 것은 소유한 물건이 아니라 그 물건을 어떻게 사용하는지에 달려 있음을 가르쳐주었다.

이성은 어릴 적부터 받아온 물건들을 계속 주시했다.

어쩐지 이 물건들이 그렇게 싫지 않았다.

그의 시선은 세탁을 마친 새하얀 축구화에 멈추었다. 마음속으로는 버려진 물건들 중에서 이 신발이 가장 죄가 없다는 것을 잘 알고 있었다. 그가 감정을 털어내려는 대상이 엄마인 것처럼, 할머니와 할아버지도 아무 죄가 없었다.

이성은 한숨을 내쉬며 창고에서 깨끗하고 튼튼한 상자를 가져와 물건을 하나하나 집어넣었다. 마치 의식을 치르는 듯 천천히 움직였다.

그러고는 테이프를 가져와 단단히 붙이면서 모든 감정도 함께 봉인했다.

유일하게 남은 것은 축구화인데, 할머니와 할아버지가 특별히 찾아준 이 축구화는 두 분이 입 밖으로 꺼내지 못한 사랑이었다. 그건 말하지 않아도 알 수 있는 세 사람만의 비밀이었다.

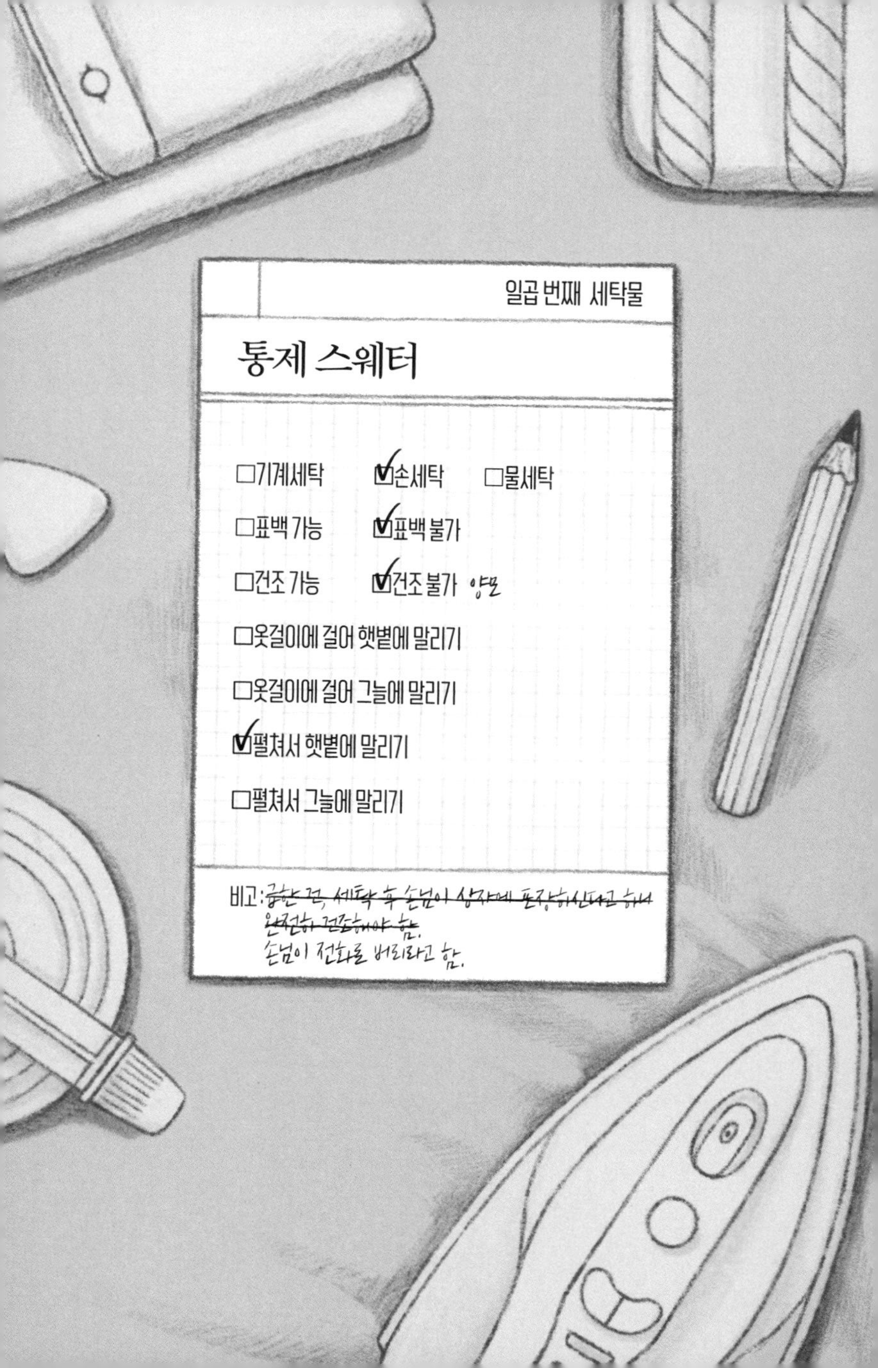

일곱 번째 세탁물
통제 스웨터
□기계세탁 ☑손세탁 □물세탁
□표백 가능 ☑표백 불가
□건조 가능 ☑건조 불가 양모
□옷걸이에 걸어 햇볕에 말리기
□옷걸이에 걸어 그늘에 말리기
☑펼쳐서 햇볕에 말리기
□펼쳐서 그늘에 말리기
비고: ~~급한 건, 세탁 후 손님이 상자에 포장하신다고 해서 완전히 건조해야 함.~~
손님이 전화로 버리라고 함.

어떡하지? 어떡해?

샤오루는 다급하게 두리번거리면서 큰길을 왔다 갔다 했다. 마음속으로는 끊임없이 자신을 탓했다.

어떻게 이렇게 멍청할 수가 있지? 손님의 물건을 잃어버리다니!

멀지 않은 곳에서 아모가 숨을 헐떡이며 그녀를 향해 달려왔다.

"어떻게 됐어요?"

고개를 젓는 아모를 보고 샤오루는 애써 참았던 눈물이 터져 나왔다.

"어떡하지, 사장님이 혼내실 거예요. 모처럼 외출한다고 세탁소를 맡기셨는데, 제가 이렇게 큰 실수를 하다니."

샤오루는 흐르는 눈물을 멈출 수 없었다. 아모는 어떻게 위로해야 할지 몰라 그저 등을 토닥이며 그녀를 달랬다.

두 사람 중 누가 더 무기력한지 알 수 없었다.

하늘은 잿빛 먹구름에 겹겹이 싸여 있고, 공기는 숨이 막힐 정도로 무거웠다.

갑자기 천둥소리가 몇 차례 울리자, 아모는 고개를 들어 하늘을 쳐다봤다. 그는 곧 비가 올 것을 걱정하면서 샤오루에게 말했다.

"네가 일부러 그런 게 아니잖아. 이건 그저 우연히 일어난……. 우리 일단 돌아갈까?"

샤오루는 매일 지니고 다니는 손수건을 꼭 쥐고 눈물을 훔쳤지만 초조함을 멈출 수 없었다.

그때 시끄러운 소리를 내며 굵은 빗방울이 아크릴 차양에 부딪혔고, 두 사람은 길가에 갇혀버렸다.

샤오루는 아침에 있었던 일을 떠올렸다.

…

"여보세요? 안녕하세요. 여기는 세탁소인데요. 전에 세탁 맡기신 흰색 스웨터 찾아가시라고 연락드렸습니다. 편할 때 오시면 됩니다. 네, 이미 세탁은 마쳤는데 계속 찾으러 오시지 않아서요……. 맡기신 분 성함이요? 잠시만요. 성함은 '우위전(吳玉珍)'이고 맡기신 건 6개월이 넘었는데……. 네? 필요 없다고요? 네, 비용은 이미 지불하셨어요. 버리라고요? 정말요? 여보세요! 여보세요!"

어떻게 전화를 이렇게 끊을 수 있지?!

샤오루는 놀란 표정을 지었다가 입을 삐죽 내밀었다.

마침 세탁소 사장이 자신이 거주하는 2층에서 내려오면서 샤오루가 수화기를 들고 고개를 갸웃거리는 모습을 봤다.

"무슨 일이니? 손님하고 통화하면서 뭘 그렇게 고민하고 있어?"

"아니에요, 사장님. 이 사람들한테 세탁물 찾아가라고 전화하고 있었어요."

그녀는 탁자 위에 놓인 분홍색 세탁물 목록을 가리키며 말했다.

"그런데 우위전 씨는 스웨터는 필요 없다며 버리라고 하곤 전화를 끊어버렸어요!"

샤오루는 손에 든 볼펜으로 종이를 거의 찢을 듯이 찧어대고 있었다.

"그래?"

뜻밖에도 사장은 별다른 반응을 보이지 않았다.

"잠깐만요, 사장님. 이상하지 않아요?"

"전화를 받은 사람이 세탁을 맡긴 본인이야?"

"음, 아닌 것 같아요. 목소리는 젊게 들렸는데, 이름을 보면 40대나 50대 같아요. 혹시 그분의 어머니가 아닐까요?"

샤오루는 들고 있던 볼펜으로 이름에 동그라미를 쳤다.

"함부로 추측하지 말고. 과연 이름하고 나이가 상관이 있을까? 손님이 필요 없다고 하니 그렇게 하는 수밖에 없겠다."

"아……."

샤오루는 여전히 내키지 않았다.

"왜 그러니?"

"아니, 세탁을 다 했는데도 찾아가지 않겠다니. 돈을 안 낸 건 아니지만 사람 성의를 무시하는 것 같잖아요! 버릴 거면 처음부터 버리지, 왜 헛수고를 하게 하냐고요."

샤오루는 흰색 스웨터를 살펴보며 말했다. 클래식한 디자인인 걸 보니 오래 가지고 있었던 것 같지만, 세탁하고 새것처럼 되었으니 잘만 입으면 괜찮을 것 같았다. 이렇게 버리기엔 아깝다며 계속 중얼거렸다.

사장이 태연하게 웃으며 말했다.

"헛수고라고? 그럴 수도 있지. 하지만 버려지기 전까지 소중히 다뤄졌다면 그것만으로도 헛수고는 아닐 거야."

샤오루는 세탁소 사장이 자주 내뱉는 철학적인 말에 이미 익숙해졌다.

"분명히 엄마하고 사이가 안 좋아서 버리라고 했을 거예요! 엄마한테 버림받고 앙심을 가져서 이렇게 엄마의 물건을 버리는 게 분명해요."

"손님의 일을 함부로 추측하면 안 돼. 또 말로 판단할 게 아니라 실제 행동을 통해서 그 사람의 진심을 파악해야 하고."

샤오루가 대수롭지 않게 넘기자, 사장이 진지하게 말했다.

"실제 행동은 제 전화를 일방적으로 끊어버린 거라고요!"

샤오루는 여전히 불평을 늘어놓았지만, 직원인 그녀는 사장의 지시대로 스웨터를 세탁소 뒤편으로 가져갔다. 재활용할 옷과 잡동사니를 모아둔 장소였다.

"샤오루, 그냥 거기 둬. 나중에 내가 와서 정리할게."

어느새 나타난 사장이 말했다.

"네? 사장님 외출하세요?"

샤오루는 이 세탁소에서 몇 달째 일을 돕고 있었다. 처음에는 무급의 자원봉사로 일했지만, 여름방학 이후에는 정식으로 아르바이트를 하게 되었다. 그동안 샤오루는 세탁소 사장이 근처에 배달하러 가는 일 말고는 외출하는 것을 본 적이 없는 데다 쉬는 날도 없어서, 사장이 외출한다는 사실에 놀라지 않을 수 없었다.

그러고 보니 가오 사장의 모습이 평소와 달랐다. 평소 유니폼처럼 입던 어두운 린넨 셔츠와 베이지색 앞치마와는 달리 오늘은 좀 더 편안한 차림이었다. 캐주얼한 흰색 티셔츠에 검은색 셔츠를 걸치고, 검은색 캐주얼 바지를 매치해 한층 젊어 보였다. 그리고 흰색과 검은색의 매치가 그의 밝은 눈을 더욱 돋보이게 했다.

"응, 오늘 세탁소 좀 봐줘. 잠깐 나갔다 올게."

가오 사장이 배낭을 정리하면서 말했다.

"네 퇴근 시간 전까지 돌아올 거야."

"이렇게 멋지게 차려입고, 데이트하러 가시는구나!"

샤오루가 짓궂은 표정을 지으며 웃었다.

"마흔 살이나 되어서 데이트는 무슨! 볼일이 있어서 잠깐 다녀오는 거야."

사장이 눈을 부릅뜨며 말했다.

"에이, 데이트도 아닌데 이렇게 더운 날씨에 셔츠까지? 괜찮아요. 부끄러워하지 마세요. 근사한 저녁식사까지 하고 오세요. 저는 엄마한테 전화 한 통만 하면 되거든요."

"데이트 아니고, 그렇게 늦게 오지도 않을 거야."

사장이 가늘고 긴 손가락으로 샤오루의 이마를 튕겼다.

"아야! 아파요!"

샤오루는 이마를 감쌌지만 새어 나오는 웃음을 감출 수 없었다. 그녀는 힘껏 그의 등을 떠밀며 말했다.

"얼른 가세요! 여자 분을 너무 오래 기다리게 하지 말고!"

고개를 절레절레하는 사장을 두고 샤오루는 카운터로 돌아왔다. 사장이 굳이 오늘을 택해 외출하는 것도 이상한 일은 아니었다. 주말 아침에는 혼자 세탁소를 봐도 별문제가 없을 만큼 손님이 거의 오지 않았기 때문이다. 샤오루는 능숙하게 손님이 돌려준 옷걸이를 닦고, 옆에 있는 행거에 차례로 걸어놓으며 스마트폰으로 드라마를 봤다.

사장이 맡긴 업무를 끝내고 오후가 되자 샤오루는 지루해지기 시작했다. 그러다 문득 오늘 아침 동네 회장의 사무실 입구를 지나며 본 공지가 떠올랐다.

-공지-

본 지역의 고물 일괄 수거

장소: 12번 골목 내 9호 골목 옆

시간: 오후 3시까지

오늘 동네에서 고물들을 일괄적으로 수거한다고 했지. 세탁소 뒤편의 잡동사니들을 정리해서 내놓으면 되겠다. 시키지 않은 일까지 해서 혹시나 사장님이 월급을 올려줄지도 모르지?

머릿속으로 계산기를 두드려 본 샤오루는 의기양양하게 세탁소 뒤편으로 걸어갔다. 그곳에 모아둔 물품들은 사실 정리할 필요가 없었다. 세탁소 사장이 평소에 깔끔하게 정리를 해 상자에 담아두었기 때문에 바깥으로 꺼내기만 하면 되었다.

잘됐네. 힘들 것도 없겠다!

샤오루는 한 손으로 재활용품 상자를 끌면서 사장님이 돌아와서 뭐라고 칭찬할지 상상했다.

"어, 아무도 없어요?"

세탁소 입구에서 들려오는 소리에 상자를 내팽개치고 황급히 카운터로 달려나갔다.

"어서 오세……. 뭐야! 누군가 했네!"

그녀는 익숙한 얼굴이 들어오는 걸 보고 환하게 웃던 표정을 금세 거두었다.

"아이고, 왜 이렇게 쌀쌀맞아!"

방문객은 헝클어진 머리카락을 쓸어 넘기며 환하게 웃었다.

"인기 없는 작가님이 또 사장님한테 뭘 얻어가려고 왔어요? 무료 냉방? 아니면 무료로 책을 보려고?"

샤오루는 자기보다 나이가 열 살이나 많은 아모에게 같은 반 학생한테 하듯이 직설적으로 말했다.

"오늘은 사장님이 안 계시니까 세탁 맡길 거 아니면 그냥 가세요."

"어? 사장님이 안 계셔? 어쩐 일이래."

아모는 샤오루의 불친절한 태도에도 아랑곳하지 않았다. 두 달가량 세탁소에 드나들면서 이 어린 학생의 직설화법에 벌써 익숙해졌다.

얼굴형이 주먹밥처럼 생긴 이 젊은 남자는 아모다. 그는 얼굴이 동그랗고 눈이 커서 니모를 닮은 데다 마침 이름에도 '모' 자가 들어간다. 지난번 노트북 가방을 맡기러 온 이후로 자주 놀러 왔다. 샤오루는 사람이 한 명 늘면 더 시끌벅적해질 거라고 생각했지만, 아모는 책에만 관심이 있는 책벌레여서 두 사람의 대화는 교집합을 찾기가 매우 어려웠다. 대부분의 경우 아모는 세탁소에 오자마자 책꽂이에서 책을 한 권 꺼내 들고 빈자리를 찾아 조용히 책을 읽었다. 그러다 재미있는 부분을 보면 세탁소 사장이 바쁘든 말든 그를 붙잡고 신나게 토론하기 일쑤였다. 사장과 아모는 대화가 잘 통할 때마다 샤오루를 방치해서 소외감을 느끼게 했다. 이 세탁소의 늙은 개조차 조용히 아모의 발에 기대어 쉬는 데 익숙해졌다.

이건 안 돼! 모든 일에는 선후가 있는 법. 샤오루는 자신이 이 세탁소의 '선배'라고 생각했다.

그러다 보니 자연스레 아모에게 자주 화풀이하게 된 것이다.

아모가 평소처럼 책장 앞으로 가서 책을 고르려는데 샤오루가 곧바로 앞을 가로막았다.

"잠깐만! 이왕 온 거 잘됐어요. 물건들 좀 내놓고 와요!"

"어? 무슨 물건?"

"오늘 동네에서 재활용품을 수거하는 날이라 헌옷과 잡동사니를 정리하고 있었는데, 때맞춰 잘 왔어요. 저 물건들을 옆 골목의 수거하는 곳까지 옮겨줘요. 늦으면 수거 끝나니까 서둘러요."

샤오루는 조금 전까지 끌고 오던 상자를 가리키며 말했다.

"얼른 가요!"

"어어……."

아모는 샤오루에 의해 자신의 계획이 틀어졌지만, 어쨌든 빨리 갔다 오면 방해받지 않고 책 두 권은 볼 수 있겠다고 생각했다.

아모를 쫓아낸 샤오루는 한결 홀가분해졌다. 필요 없는 물건과 사람 모두 내보내서 다행이다. 사장님이 와서 보면 매우 기뻐하시겠지. 그녀는 두 손을 허리춤에 올리고 의기양양한 표정으로 세탁소를 둘러봤다.

따르릉. 그 순간 골동품처럼 생긴 전화기가 갑자기 울렸다.

"여보세요, 세탁소입니다."

"네, 거기 세탁소죠? 오늘 아침에 전화를 받았는데, 세탁 맡겼던 흰색 스웨터를 찾아가라고 하셔서요."

전화기 너머로 낯익은 여자의 목소리가 들렸다.

"아, 네……."

그 순간 불길한 예감이 스쳤다.

"제가 이따가 찾으러 가도 될까요? 생각해 보니 버리지 않는 게 좋겠어요."

"앗! 그게……."

샤오루가 주저하며 대답했다. 머리끝이 쭈뼛 서는 느낌이 들었다. 직전에 다녀온 세탁소 뒤편의 모습을 떠올려 봤지만, 그 스웨터를 보지 못한 것 같았다.

아뿔싸! 아모가 가지고 나간 상자 안에 있을 거야.

무더운 날씨에도 수화기를 잡은 손끝에 서늘한 기운이 느껴지고 등골이 오싹해졌다.

…

"난 진짜 바보야! 사장님이 그냥 두면 알아서 처리하신다고 했는데, 냅다 마음대로 결정해서 갖다 버리다니."

여름날 오후의 소나기는 갑자기 찾아와 맹렬히 퍼붓다가 금세 물러난다. 두 사람은 잠시 후 비가 잦아들자 천천히 세탁소로 걸어갔다.

가는 동안 아모는 샤오루를 부드럽게 위로했다.

"이건 누구의 잘못도 아니야. 애초에 손님이 필요 없으니 버려달라고 했잖아."

"다 오빠 때문이야! 오늘 세탁소에 오지 않았다면 갖다 버리라고 시키지도 않았을 거야! 게다가 수거팀이 하필 제시간에 전부 수

거해 갈 줄 누가 알았겠어?"

"나?!"

누구나 황당한 일을 당하면 비난의 화살을 돌릴 희생양을 찾는다. 아모는 억울했지만 꿀 먹은 벙어리처럼 아무 말도 할 수 없었다. 걸어오는 동안 길에서 샤오루가 계속 우는 바람에 사람들이 그를 많이 쳐다봤는데, 여기서 이 아이가 더 울게 되면 더는 비난을 피할 수 없을 것 같았다.

세탁소가 있는 골목에 들어섰을 때 문 앞에는 이미 낯선 여자가 우산을 쓰고 기다리고 있었다.

…

세탁소 사장이 피곤한 얼굴로 익숙한 골목에 들어섰다. 자전거를 타고 문 앞에 도착하기도 전에 안에서 실랑이하는 소리가 들려왔다.

"샤오루, 다녀왔어."

문을 열고 안으로 들어서자, 한 여자 손님이 샤오루와 아모를 매섭게 노려보고 있었다.

"사장님……."

사장을 보자 샤오루는 수도꼭지를 튼 것처럼 눈물이 하염없이 흘렀다.

"뭐야, 당신이 사장이에요? 이 세탁소는 손님 물건을 마음대로 버려도 되나 보죠?"

깔끔한 단발머리의 여자가 테가 얇은 안경을 추켜올리며 화를 냈다.

"저기요, 손님이 분명 아침에 전화로는……."

"네, 손님. 제가 여기 사장입니다. 무슨 일로 그러시죠?"

사장은 얼굴이 상기된 아모와 눈물이 맺힌 샤오루를 한 번 쳐다보고는 온화하고 느린 말투로 긴장된 분위기를 풀어보려고 했다.

"당신이 사장이라고요. 좋아요! 저한테 제대로 된 설명을 해주셔야겠어요."

손님은 20대 중반쯤으로 아모와 나이대가 비슷해 보였다. 잔뜩 분노한 표정으로 말을 이어가는 모습을 보니 샤오루와 아모가 쩔쩔맬 수밖에 없었겠다는 생각이 들었다.

"무슨 일로 그러시죠?"

사장은 미소를 지으며 정중하게 물었다.

"저희 엄마가 맡긴 스웨터를 오늘 아침에 찾아오라고 전화를 받았어요."

"네, 저도 알고 있습니다."

사장은 무슨 일이 일어난 건지 곧바로 알아차렸다.

"사장님, 죄송해요! 오늘 동네에서 재활용품을 수거한다고 해서 제가 마음대로……."

샤오루는 감정을 추스르려고 애쓰며 겨우 말을 이었다.

"사장님, 샤오루 잘못이 아니에요. 제가 내다 버리고 왔습니다."

옆에 있던 아모가 거들었다.

두 사람은 앞다투어 자기 책임이라고 나섰다.

"누구 잘못인지는 상관없어요. 어쨌든 물건을 버렸으니, 마땅히 책임을 져야죠. 어떻게 배상하실 건가요?"

손님은 세탁소에 물건을 맡겼다가 없어졌으니, 누군가는 책임을 져야 한다고 했다.

"까짓 거 배상하면 되죠. 그래봤자 스웨터인데……."

"아모!"

사장은 아모의 어깨를 꽉 잡으며 더 이상 말하지 말라는 신호를 보냈다.

사장은 손님을 돌아보며 한 글자씩 천천히 말을 이었다.

"그런데 제 기억이 맞다면, 전화 받으신 분이 그 스웨터가 필요 없으니 버려달라고 한 것 같은데요."

사장은 손님을 똑바로 바라봤다. 그의 눈빛은 친절했지만 단호했고, 말투는 온화하고 정중했지만 나지막한 목소리는 무게감이 있었다.

"그게……."

손님은 안경을 추켜올리며 재빨리 덧붙였다.

"전화 받으신 분이 뭐라고 했는지는 모르겠지만, 그건 제 엄마의 유품이고, 돌아가시기 전에 남긴 물건이에요. 여기 아르바이트생이 버렸다는데 어떻게 배상하실 거냐고요!"

"버려달라고 한 목소리가 분명 이 손님 목소리였어요."

샤오루가 억울하다는 듯이 말했다.

"너 왜 이러니? 나일 리가 없다고!"

손님은 확신하는 듯 침착하게 말했지만 목소리 끝이 떨리고 표정이 오묘했다.

그렇다. 카이산(凱珊)은 자신이 전화로 스웨터를 버리라고 했음에도, 지금 그 사실을 인정할 수 없었다.

…

엄마와 사이가 좋지 않은 건 어제오늘 일이 아니었다. 그녀는 상대하기 어려운 노인네를 더는 견딜 수 없었다. 엄마의 물건이 때마침 버려진 게 아닐까?

카이산의 엄마는 사람들이 말하는 '통제광'이었다. 어릴 때부터 간섭하지 않은 일이 하나도 없었다. 몇 시에 일어나고, 몇 시에 자고, 어떤 수업을 듣고, 어떤 봉사활동을 할지, 머리핀의 색깔, 치마 길이까지 모두 간섭했다. 기억이 있을 때부터 카이산은 표현의 자유가 없었고, 언제나 엄마의 손아귀에서 벗어나려고 애썼다. 고등학교에 다닐 때는 기숙사에 살고, 대학은 먼 곳으로 지원하고, 직장도 외국으로 전근할 방법을 궁리했다. 어쨌든 도망갈 수 있는 만큼 최대한 멀리 갔다.

마침내 작년에 카이산은 해외 파견 근무 신청에 성공했다. 외국에서 산다는 것은 자유를 찾는 것과 같았다. 외국에 있으면 전화를 받지 않거나 메시지를 읽고 대답하지 않는 등 간단한 방법으로 엄마와 연락은 유지하면서 최소한의 간섭만 받을 수 있었다.

그런데 마음 편하게 지낸 지 얼마 되지 않아 빨리 귀국하라는 연락을 받은 것이다! 지난달에 다른 가족에게서 엄마가 이름 모를 바이러스에 감염되어 요양 병원에 입원해 있다는 연락을 받았다.

처음에 그녀는 조금도 믿지 않았다. 엄마가 생각해 낸 속임수가 분명했다. 감정을 무기로 삼아 그녀를 다시 데려온 후 통제하려고 그러는 것이라고 생각했다. 하지만 가족들의 끈질긴 연락과 사진 때문에 사실이라고 믿을 수밖에 없었다. 십여 일을 질질 끌다가 마지못해 비행기표를 예매했다. 외국 공항에 있을 때 병원에서 엄마가 위독하다는 연락을 받았고, 국내 공항에 도착하자마자 엄마가 사망했다는 소식을 접했다.

자유다!

메시지를 보았을 때 카이산의 머릿속에 떠오른 것은 이 세 글자였다. 그러나 어쩐지 자유를 얻은 기쁨보다는 오히려 격한 분노가 치밀었다.

어떻게 이래? 어떻게 그냥 이렇게 가버려? 카이산은 엄마에게 자신이 얼마나 화가 났는지 아직 말하지 못했다. 오랜 세월 그렇게 통제를 당하면서도 엄마한테 사과를 받지 못했는데, 이렇게 가버리다니 무책임하기 짝이 없었다.

절대 용서할 수 없어!

장례 절차 등이 거의 마무리된 최근 며칠 동안에도 엄마에 대한 분노가 수그러들지 않았다.

그러다 오늘 아침, 세탁소에서 전화를 받았는데, 흰색 스웨터라는 말을 듣자 카이산은 다시 화가 치밀어 올랐다.

그녀는 흰색 스웨터에 관해서 선명하게 기억하고 있었다.

출국하기 전날 밤, 엄마는 자신의 낡은 스웨터를 억지로 캐리어에 쑤셔 넣었다.

"엄마, 왜 마음대로 내 캐리어에 엄마 물건을 막 쑤셔 넣어요?"

카이산은 캐리어에서 스웨터를 발견하고 화가 나서 엄마의 눈앞에 던졌다.

"막 쑤셔 넣다니? 네가 가는 곳은 엄청 춥다며. 내 스웨터는 엄청 따뜻하니까 가져가면 딱 좋을 거야."

엄마는 스웨터를 다시 캐리어 안으로 집어넣었다.

카이산은 황급히 엄마의 행동을 막았다.

"엄마 또 그런다! 이렇게 엄마 마음대로 하지 말라고요! 내 스웨터도 아닌데 필요 없어요!"

"내가 뭘 마음대로 한다고 그래. 이 스웨터가 훨씬 따뜻하니까 가져가라는 거지."

"싫어요! 내가 필요하면 사서 입을게요."

"돈을 왜 함부로 쓰려고 해. 캐리어에 공간도 있는데 그냥 가져가면 되지. 왜 사람 마음도 몰라주니?"

"저는 그런 독선적인 마음은 알고 싶지 않아요!"

두 모녀는 늘 그렇듯 설전을 벌이다가 헤어졌다.

출발 전 마지막 밤에도 제대로 대화하지 못했다.

서로를 비난하고 날 선 공격을 퍼부은 끝에 카이산은 화가 나서 스웨터를 쓰레기통에 던져버렸다.

그러고는 방문을 잠그고 대화를 거부했다.

결국 두 사람 다 억울하고 상처받았다.

흰색 스웨터는 카이산이 출국하기 전 엄마에 대한 마지막 기억이자, 엄마가 그녀를 항상 통제하려고 했다는 증거였다.

그런데 왜 카이산은 마음을 돌려 스웨터를 되찾으려 했을까?

그건 그녀 자신도 몰랐다. 사람이 자신의 말이나 행동 하나하나의 이유를 명확하게 안다면 인생의 고민 따위는 존재하지도 않을 것이다.

세탁소에서 온 전화를 끊은 카이산은 영혼 없이 짐을 싸기 시작했고, 다시 비행기를 타고 직장으로 돌아갈 준비를 했다.

짐을 정리하면서 머릿속에 그 흰색 스웨터가 떠올랐다.

엄마가 결국 다시 챙겼구나? 세탁도 맡겼어?

엄마는 도대체 무슨 생각이었을까? 내가 다시 와서 가져갈 거라고 생각했나?

잠깐 정신이 흐려진 카이산은 엄마의 휴대전화를 들어 아침에 받은 번호로 다시 전화를 걸었다.

그녀는 스웨터를 되찾기로 했다. 가져온 다음에 자신이 외국으로 가지고 갈지 말지는 몰라도, 일단 엄마의 옷을 집으로 가지고 와야겠다고 생각했다. 통제광인 엄마도 자기 물건이 집에 돌아오길 바라겠지?

…

"샤오루, 괜찮아. 당황하지 마."

사장은 심호흡을 유도하며 천천히 말했다.

"뒤쪽으로 가면 복도 반대편에 작은 문이 하나 있어. 그 방문을 열어보면 손님의 물건이 있을 거야."

"뭐라고요?"

"어서 가봐!"

사장이 응원의 눈빛을 보냈다.

사장의 말에는 마법이 걸려 있었는지 샤오루는 어느새 울음을 멈추고 뒤편으로 걸어갔다. 아모는 너무 놀라 말을 잇지 못하고 가뜩이나 동그란 눈을 더 크게 부릅떴다.

세탁소 왼쪽에는 긴 복도가 있고, 맨 끝에는 뒷마당으로 이어지는 구식 부엌이 있다. 샤오루는 이곳을 자주 돌아다녔지만, 복도 반대편에 있는 갈색 나무문은 처음 보는 듯했다. 사장의 말대로 작은 문을 조심스레 열어보고는 눈앞에 펼쳐진 방 안의 모습에 감동이 밀려왔다. 몇 초간 멍하니 있다가 정신을 차렸다. 그녀는 재빨리 방 안을 둘러보다 아침에 봤던 그 스웨터를 발견했다. 원래도 새하얀 색이었는데 투명한 비닐 커버가 씌워져 있어 더욱 밝아 보였다. 그녀는 아무 말 없이 비닐째로 옷을 움켜쥐고 밖으로 뛰어나갔다.

"찾았어요! 찾았어!"

환호성을 지르며 돌아오는 소녀의 표정은 아까의 초조하고 당황한 모습과는 사뭇 달랐다.

안 버렸구나! 너무 다행이야!

샤오루는 곧바로 스웨터를 사장에게 건네주었다.

"손님, 이건 어머니의 스웨터입니다. 손님에게 돌려드리겠습니다."

카이산은 잠시 멍해졌다가 손을 뻗어 스웨터를 받았다.

"저희가 받은 모든 물건은 항상 최선을 다해서 성의껏 대합니다. 이제 손님께 돌려드리니, 소중히 여겨주시길 바랍니다. 어머님의 유품이니 더는 함부로 버린다고 말씀하지 마세요."

세탁소 사장의 전에 없던 단호한 말투와 초스피드로 전개되는 상황에 아모와 샤오루는 어떻게 반응해야 할지 알 수 없었다.

굳은 표정으로 있던 카이산은 약간 화가 났다.

"그러니까 당신들은 어찌 된 일인지 서로 영문도 모르고 있고, 잘못했어도 책임지지 않겠다는 건가요? 나더러 물건을 찾으러 오라더니 버렸다고 하고, 손님을 뭘로 생각하는 거죠? 당신이 뭔데 나를 비난해요?"

"죄송합니다. 저희끼리 의사소통이 잘 안 돼서 손님의 기분을 상하게 했습니다. 저희의 미흡한 서비스에 대해 사과드립니다. 하지만 저는 절대로 손님을 비난하려고 한 게 아닙니다."

사장은 굳은 표정을 풀고 부드러운 눈빛과 예의 바른 태도로 고개 숙여 사과했다.

"흥, 됐어요! 이런 썩은 세탁소엔 다신 안 올 거예요. 인터넷에 얼마나 형편없는 곳인지 다 밝힐 테니까 기다려요."

카이산은 분개하여 스웨터를 가방에 마구 쑤셔 넣고 밖으로 나갔다.

"에?!"

손님이 인터넷에 부정적인 글을 올리겠다는 말을 듣고 아모는 손님을 쫓아 나가려고 했다.

"아모, 잠깐만. 쫓아갈 필요 없어."

"사장님, 전부 제 잘못이에요. 제가 가서 설명할게요."

"마음은 고맙지만 괜찮아. 인연이 있다면 반드시 돌아올 거야. 사람이든 옷이든 각자의 인연에 따라 이곳에 온 거니 굳이 쫓아갈 필요 없어."

"저 사람 진짜 너무해요. 분명히 샤오루한테 전화로 버리라고 했으면서 왜 그러죠? 어머니의 유품이라면서 왜 애초에 버리라고 했을까요?"

아모도 자책감에 화가 머리끝까지 치밀어 올랐다.

"사람의 마음은 복잡한 거야. 많은 일이 서로 관련되어 있지만, 그렇다고 반드시 인과관계가 있는 것은 아니지. **때로는 어떤 것을 버리기로 결심했다고 해서 사랑하지 않는 건 아니야. 단지 사랑을 표현하는 방법을 찾지 못한 것일 수도 있어.**"

사장은 가지고 온 배낭을 정리하기 시작했다.

"근데 어떻게 알고 따로 챙겨놓으신 거예요? 진짜 다행이에요. 분명히 샤오루는 스웨터를 재활용품 정리하는 상자에 두었고, 그걸 제가 버리고 왔다고 했어요."

"이곳에 들어오는 모든 물건에는 가치가 있어. 나는 함부로 버리지 않아."

사장의 평소보다 깊은 눈빛에서 왠지 서글픔이 느껴졌다.

어? 사장님 피곤하신가? 아모는 사장이 평소와 다르다는 것을 느꼈다.

샤오루는 조금 전 작은 방에서 본 광경을 떠올리며 궁금함을 참지 못하고 사장을 뚫어져라 쳐다봤다.

"사장님, 아까 그 방이요……."

샤오루가 자세히 물어보려던 참에 사장이 말을 가로막았다.

"그만! 곧 저녁 먹을 시간이야. 오늘은 조금 피곤해서 일찍 문을 닫을 테니 다들 집으로 돌아가."

샤오루와 아모는 그제서야 사장의 피곤한 표정뿐만 아니라 깔끔했던 겉옷 소매가 닳고, 등산화가 진흙투성이라는 사실을 알아차렸다.

샤오루는 더 묻고 싶었지만, 아모가 잡아당기며 그녀를 말렸다.

"맞아 맞아. 우리 얼른 집에 가자, 샤오루. 사장님은 방금 돌아오셨으니 엄청 피곤하실 거야. 너도 오늘 이런 일을 당했으니 어서 가서 쉬어야지."

이런 중요한 순간에 아모는 외모에 어울리지 않는 자상함과 이성적인 면모를 드러낸다.

아모는 모처럼 진지한 표정을 지었다. 샤오루는 평소에는 개의치 않았지만, 사장이 평소와 다르다는 것을 깨닫고 아무 말도 하지 못했다. 두 사람은 서둘러 자기 물건을 챙기고 인사를 하고 떠났다.

샤오루는 세탁소를 나가면서 왠지 불안한 마음에 뒤를 돌아보았다. 사장은 피곤한 것 말고도 쓸쓸한 기색이 더해진 모습이었다. 늘 해맑고 잘 웃던 사장에게서 생각지도 못한 표정이 보였다.

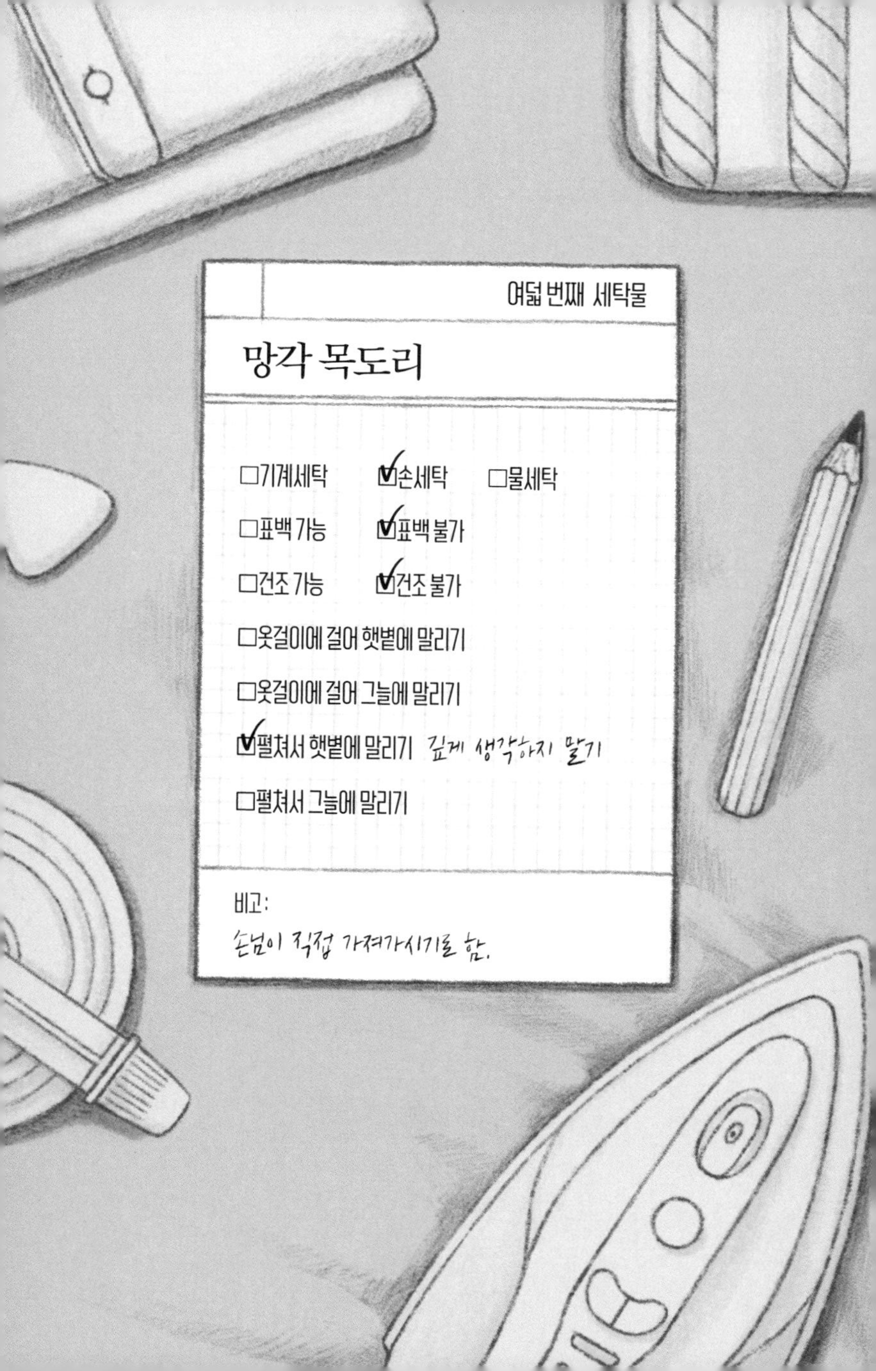
여덟 번째 세탁물
망각 목도리
☐기계세탁 ☑손세탁 ☐물세탁
☐표백 가능 ☑표백 불가
☐건조 가능 ☑건조 불가
☐옷걸이에 걸어 햇볕에 말리기
☐옷걸이에 걸어 그늘에 말리기
☑펼쳐서 햇볕에 말리기 깊게 생각하지 말기
☐펼쳐서 그늘에 말리기
비고:
손님이 직접 가져가시기로 함.

이성은 5성급 호텔 입구처럼 화려하고 웅장한 유리문 앞에 서 있었다. 그가 자동문의 센서를 찾으려 하자 커다란 유리문이 미끄러지며 열렸다. 바닥의 센서가 반응해 자동으로 열린 것이다.

실내로 들어서니 바닥에는 아이보리색 카펫이 깔려 있었다. 이성이 신은 등산화의 딱딱한 밑창이 바닥에 부딪히는 소리가 부드러운 카펫에 의해 완전히 흡수됐다.

그가 카운터로 향하지 않자, 간호사복을 입은 남자가 이성에게로 다가왔다.

"안녕하세요. 어떻게 오셨죠?"

이곳의 방문객은 대부분 예약을 하고 오기 때문에 낯선 방문객이 오면 다소 경계했다.

"안녕하세요. 제 성은 가오인데요, 여기 가오위단(高玉丹) 씨가 계신가요?"

이성이 건넨 사진의 뒷면에는 '가오위단'이라는 글자가 선명하게 적혀 있었다.

직원은 사진을 받아 들고 의심스러운 표정을 지었다.

"실례지만 누구시죠?"

"저는, 음……."

그는 잠시 망설이다가 부자연스러운 목소리로 말했다.

"저는 그분의 아들입니다."

"아들이요? 가오위단 씨의 아들이라고요?"

직원은 순간 의외라는 표정을 감추지 못했다. 그는 이곳에서 3년 넘게 일하면서 한 번도 그 사람을 찾아온 이를 본 적이 없었다. 그러다가 갑자기 낯선 남자가 나타나서 아들이라고 하니 경계심이 들었다.

"죄송하지만, 이곳 주민들의 보호를 위해서 모든 방문객은 신분 확인을 거치고 사전에 등록하셔야 합니다. 이렇게 갑자기 오시면 저희도 어쩔 도리가 없습니다."

이성은 남자 직원의 의심을 알아차리고 곧바로 가져온 증명서를 꺼냈다.

"이건 호적등본과 제 신분증입니다. 제 어머니의 신분증 번호가 여기 등록된 번호와 일치하는지 확인해 보세요."

"그게……."

직원은 여전히 난색을 보였다. 규정상 통과를 시켜줄 수도 없고, 이곳 실버타운의 입주민들에게 전례가 없는 상황이었다. 하지만 이곳의 방문객들도 대체로 일반인은 아니었다. 잠시 생각하다 그가 말했다.

"그럼, 잠시만 기다려주세요."

직원은 이성에게 기다리라고 하더니 카운터 옆의 벽을 밀고 들어갔다. 언뜻 보니 직원 사무실인 것 같았다.

잠시 뒤 같은 간호사복을 입었지만 좀 더 경력이 있어 보이는 한 여자가 카운터 직원과 함께 나왔다.

"안녕하세요. 저는 이곳의 책임자인 장(張) 매니저입니다. 실례지만 가오위단 씨를 찾아오셨다고 하셨나요?"

"안녕하세요. 저는 그분의 아들입니다."

이번에는 훨씬 안정적인 목소리였다.

"가서 일 보세요. 여긴 제가 맡죠."

장 매니저가 지시하자 옆에 있던 남자 직원이 고개를 끄덕이고 곧바로 카운터로 돌아갔다.

"가오 선생님, 관련 증명서류를 지참하셨나요?"

장 매니저의 공손하고 진지한 목소리는 듣기에 매우 편안했다.

이성은 호적등본과 신분증을 다시 건넸다.

서류를 건네받은 그녀는 안내 데스크로 가서 키보드를 두드리기 시작했고, 들고 있던 서류와 데이터베이스를 대조해 본 결과, 이곳에 거주하고 있는 가오위단의 아들이 틀림없다는 것을 확인했다.

"위단 아주머니가 아들이 있다고 하시더니 진짜네요?"

장 매니저는 확인을 마친 자료를 이성에게 돌려주었다. 그러고는 로비의 소파로 안내하고 카운터 직원에게 따뜻한 차를 내오라고 지시했다.

"음, 가오위단 씨……. 그러니까 저희 어머니가 이곳에 오래 거주하셨나요?"

"가오 선생님, 죄송하지만 여기 처음 오신 거죠?"

장 매니저는 베테랑이어서 예의를 지키면서도 입주민의 정보를 함부로 누설하지 않았다.

"사실 저희는 오랫동안 연락을 하지 않았고, 저도 여기저기 수소문하다가 이곳에 계신다는 걸 알고 오게 된 거예요."

"그랬군요, 어쩐지."

"어머니가 여기 오신 지 꽤 됐나요?"

"음, 제가 막 부임한 해에 들어오셨으니까……. 한 7, 8년 된 것 같아요. 하지만 그분을 찾아오는 사람은 별로 없어요."

7, 8년이라니? 그렇게나 오래됐다고?

"어머니를 보러 온 사람이 아무도 없었습니까?"

"처음 몇 년 동안은 3개월마다 어떤 분이 보러 오셨어요. 보러 온다기보다는 이곳에 계신지 확인하러 오는 것 같았어요."

"그럼, 어…… 그분은 남편이겠죠?"

"아닐 거예요."

장 매니저는 고개를 저었다.

"그분은 선생님보다 더 젊었거든요. 아무래도 비서로 보였어요. 항상 양복을 차려입고 위단 아주머니께 깍듯했어요. 저희는 가오위단 씨가 굉장한 자산가시라고 추측했어요. 그렇지 않으면 어떻게 한 번에 평생의 비용을 다 냈겠어요. 사실 저희 비용이 그렇게 만만하지 않거든요."

장 매니저가 돌려 말했지만, 이성은 입구에 들어서면서부터 으리으리한 진입로와 분수대를 보고 일반인들이 부담할 수 있는 실버타운은 아니라는 것을 알았다.

30년 가까이 만나지 못했는데도 어린 시절 보내온 생일 선물, 해마다 고정적으로 보내온 교육비와 생활비를 보면 알 수 있었다. 어머니가 재혼한 뒤 경제 사정이 매우 좋아졌다는 것을 말이다. 어머니는 그와 할머니, 할아버지가 물질적으로 부족함을 느끼게 한 적은 없었다. 단지 어머니가 귀국해서 노후를 보낼 것이라고는 생각지도 못했다.

"그게 처음 몇 년이라고 하셨죠?"

"네, 궁(鞏) 선생님은 가오위단 씨의 유일한 방문객이셨어요. 위단 씨가 여기 계시는지 확인하는 것 말고도 생활비를 내셨죠. 하지만 5년 전쯤부터 직접 오지 않고 계좌이체로 생활비를 송금해 주고 계세요."

"그러면 남편 분은요?"

이성은 참지 못하고 가장 어려운 질문을 던졌다.

"아, 그건 잘 모르겠네요. 제가 틀리지 않았다면 위단 아주머니의 서류에 있는 비상 연락처는 외국 번호이고, 배우자란은 공란이었어요."

여기까지 듣자 이성은 혼란스러웠다.

"오늘 뵙고 가도 될까요?"

"음……."

장 매니저가 잠시 뜸을 들이다가 말했다.

"그러시죠. 제가 모시고 갈 수는 있지만, 마음의 준비를 하셔야 할 것 같습니다."

"마음의 준비요?"

이성은 미간을 찌푸렸다.

"네, 이쪽으로 오세요."

장 매니저가 그를 실버타운 내부로 안내했다. 목에 걸고 있던 사원증으로 겹겹이 싸인 유리문을 통과했다. 깊숙이 들어갈수록 이성의 가슴이 쿵쾅거렸다.

몇 년 만에 만나는 어머니인데, 어떤 마음으로 보게 될까?

그의 머릿속에는 각종 상봉 장면이 떠올랐다.

서로 부둥켜안고 흐느낄까?

아니면 드라마처럼 욕을 퍼붓고 모질게 굴까?

아니면 그때처럼 고개를 돌리고 나를 외면할까?

처음에는 어머니가 1년에 한두 번 정도 세탁소에 들르기도 했다. 하지만 열 살 때부터는 직접 오는 대신 선물을 보냈다.

다시 만나면 서로 알아볼 수 있을까?

어머니에게 욕을 하게 될까?

나에게 아직 어머니에 대한 원망이 남아 있을까?

이제 없는 것 같은데, 그냥 잘 지내는지만 보려고 왔을 뿐인데…….

…

실버타운의 긴 복도 양쪽 벽면에 미술관처럼 명화들이 걸려 있었다. 고풍스러운 벽등은 유럽의 옛 궁궐처럼 화려하게 꾸며져 있었지만, 이성은 그걸 감상할 여유가 없었다.

넓은 커뮤니티 라운지에 다다르자, 바깥 풍경을 한눈에 볼 수 있는 통창이 눈에 들어왔다. 창밖은 푸릇한 잔디로 잘 가꾸어져 있었고, 멀리 내다보면 겹겹이 둘러싸인 산들이 보였다. 역시 고급 실버타운답게 흐리고 햇빛이 없는 날인데도 안락함이 조금도 누그러들지 않았다.

라운지 안에는 사람이 많지 않았다. 삼삼오오 모여 담소를 나누기도 하고 휠체어에 앉아 직원들과 대화를 나누는 어르신들도 있었다.

어머니의 모습을 잊은 줄 알았던 이성은 그곳에 들어서자마자 한 나무 테이블 앞에 앉아 있는 어머니의 뒷모습을 알아보았다.

사실, 뒷모습으로 뭘 알 수 있을까?

하지만 그는 직감적으로 짙은 푸른색에 꽃무늬가 있는 정장을 입은 사람이 바로 자신의 어머니라는 것을 알았다. 그 무늬와 색깔은 어머니가 가장 좋아하던 것이었다. 사람은 나이가 들어도 취향이 크게 변하지 않는다.

"아주머니, 오늘 컨디션 어떠세요? 아직도 종이를 말고 계세요?"

장 매니저는 역시나 푸른 정장을 입은 여자에게 천천히 걸어가 말을 걸었다.

이성은 조심스러워하는 아이처럼 입을 뗄 타이밍을 기다렸다.

어머니는 장 매니저의 부름에 반응하지 않고 계속 고개를 숙이고 있었다.

어머니 앞에 놓인 테이블 위에는 명함 반 장 크기의 흰색 종이가 가지런히 쌓여 있었고, 그 옆에는 솜이 널려 있었다.

그녀는 흰색 종이 한 장을 뽑아 테이블 위에 흩어진 솜을 올렸다. 먼저 오른쪽에 있는 얇은 솜을 방금 뽑은 흰 종이 위에 얹고 손가락으로 가볍게 잡았다. 오른손 검지를 이용해 튀어나온 솜을 종이 안에 모았다. 그리고 종이를 반으로 접었다.

그런 다음 양손의 검지로 종이의 뒷면을 받치고, 엄지를 이용해 종이를 천천히 굴려서 솜을 돌돌 말았다. 그러자 지름이 1센티도 안 되는 원기둥 모양이 만들어졌다. 다시 앞부분에 튀어나온 종이를 숙련되게 양 엄지로 아래쪽을 향하게 한 다음, 혀를 내밀어 그 부분을 가볍게 핥았다. 그 다음 양 검지로 뒤에 있는 종이를 앞으로 감아 더 완벽하게 말았다.

가늘고 긴 종이 원기둥이 만들어졌다. 어머니는 아이 같은 웃음을 지으며 그것을 테이블 위에 놓았다.

이제 다음 종이를 뽑아 들고 같은 동작을 반복할 준비를 했다.

이성은 그 동작이 무엇을 의미하는지 곧바로 알아차렸다.

"저희는 아주머니가 젊었을 때 담배를 피우는 습관이 있었을 거라 추측하고 있어요. 이곳에는 참여할 수 있는 다양한 활동이 있는데 아주머니는 아무것도 참여하지 않고 멍하니 앉아 계셨죠. 여기는 금연이라 사회복지사들이 고민하다가 솜과 흰 종이를 드렸더니, 아주머니가 하루 종일 손을 움직이게 되셨어요. 그리고 이런 섬세한 동작은 재활에도 도움이 되거든요."

아니다! 담배를 피운 사람은 어머니가 아니라 다른 사람이었다.

하지만 담배를 말던 사람은 어머니가 맞았다. 어린 시절의 기억 속에 어머니는 책상 앞에 앉아 언제나 다른 사람을 위해 담배를 말았다. 그때 어머니는 홍콩에서 온 남자친구를 사귀었는데, 그는 형편없는 음악가로 하루 종일 할 일 없이 어머니가 세를 든 작은 아파트에 틀어박혀 있었다. 홍콩 아저씨는 행색은 별로였지만 사실 부잣집 도련님이었다. 집안 분위기가 싫어 꿈을 좇아 대만으로 도망친 것이었다.

홍콩 아저씨는 그에게 잘해주었고, 기타를 갖고 놀게 해주었다. 다른 아저씨들처럼 그를 '잡종'이라고 부르지도 않았다. 엄마가 홍콩 아저씨를 집에 데려와도 옷장에 숨지 않아도 됐다. 거실에서 그가 가져온 장난감을 자연스럽게 가지고 놀았다. 하지만 그는 홍콩 아저씨가 아빠라기보다는 놀기 좋아하는 큰형 같다고 생각했다.

나중에 홍콩 아저씨의 아버지가 위독해지자 가족들이 아저씨를 불러들였을 뿐만 아니라 어머니도 함께 데려갔다는 사실을 그도 알고 있었다.

어릴 때는 잘 몰랐지만, 그가 자라면서 점점 명확해졌다. 매년 생일과 크리스마스 때마다 홍콩에서 온 고급 장난감과 갈수록 휘갈겨 쓴 쪽지 한 장을 받았다.

눈앞에 앉아 있는 여자의 가늘고 긴 손가락은 그가 기억하고 있는 모습과 같았다.

종이를 마는 동작이 가볍고 날렵해 나이 든 사람 같지도 않았다.

"위단 아주머니, 보세요. 오늘 손님이 오셨네요!"

장 매니저는 다시 한번 그녀의 관심을 끌려고 했다.

"저기……."

이성은 장 매니저를 부르려고 입을 열었지만, 갑자기 목소리가 쉰 것처럼 아무 소리도 나지 않았다. 가뜩이나 나지막한 목소리가 더욱 허스키해졌다.

그는 다시 한번 목청을 가다듬고 입을 열려고 했다. 옆에 있던 장 매니저가 한 발짝 다가가 어머니 곁에 쪼그리고 앉았다.

"아주머니, 누가 왔는지 좀 보세요."

가오위단이 손동작을 멈추고 천천히 고개를 돌렸다.

장 매니저의 돌발 행동에 놀란 이성은 아직 어머니와 눈을 마주칠 준비가 되지 않은 상태였다. 반사적으로 미소를 지었는데, 이것이 어머니와 30여 년 만에 재회한 순간이었다.

세월은 어머니의 얼굴에 별다른 흔적을 남기지 않았다. 그만큼 젊었을 때부터 자신을 가꾸는 데 신경을 많이 썼다는 것을 알 수 있었다. 피부가 곱고 머리카락도 여전히 까맣고 아름다워 예순이 넘은 사람처럼 보이지 않았다.

그랬다. 이성이 기억하는 어머니는 자신을 잘 가꾸는 여자였다.

하지만 지금 눈앞의 여자는 어머니가 아닌 것 같았다. 적어도 그가 기억하는 어머니는 아니었다. 밝고 쾌활했던 모습은 어디에도 없고, 공허한 눈빛에 영혼도 없는 듯 눈앞의 사람들을 의심하는 표정을 짓고 있었다.

"아주머니, 보세요. 누군지 아시겠어요?"

장 매니저는 다소 충격받은 이성을 가리키며 재차 물었다.

가오위단은 장 매니저가 가리키는 방향을 따라 이성을 쳐다봤다. 그녀는 웃으며 고개를 젓고 다시 고개를 숙여 담배를 말았다.

이성은 이해되지 않았다. 어머니가 자신을 못 알아보는 건가? 세월이 흘러 자신이 열 살의 아이는 아니지만, 아들이 어머니의 뒷모습을 한눈에 알아봤다면, 어머니도 아들의 모습을 알아봐야 하는 것 아닌가.

슬픔과 분노가 뒤섞여 물밀듯이 차오르기 시작했다.

"에이, 역시 못 알아보시네요."

"그러게요."

이성은 착잡한 얼굴로 장 매니저를 바라보았다.

그녀가 고개를 끄덕이며 그를 창가로 데리고 갔다.

"사실 아주머니가 치매에 걸리셨어요."

"치매요?"

이성은 고개를 돌려 다시 한번 어머니를 쳐다봤다. 어머니는 여전히 미소를 지으며 종이를 말고 있었고, 마치 연애 중인 소녀 같은 표정을 짓고 있었다.

"위단 아주머니가 처음 오셨을 때 진단서를 가지고 오셨어요. '조발성치매'였는데, 당시는 생활에 전혀 문제가 없을 정도로 증상이 경미했어요. 그때 외국에서 가족인지 친구인지 모를 분과 함께 오셨는데, 모든 수속을 직접 하셨어요. 대체로 저희 실버타운을 선택하는 분들은 완벽한 의료 간호 시스템을 보고 들어오세요. 입주자 열 명 중 여덟 명은 나이가 들수록 악화되는 만성질환을 앓고 계시고, 상황에 따라 밀착 간호 서비스를 제공하죠. 시스템에 미리 등록이 되어 있거나 가족의 사전 동의를 얻지 않는 한 일반적으로 다른 방문객은 들어올 수 없습니다."

"그런데 지금……."

나는 들어왔잖아, 하고 이성은 생각했다.

장 매니저는 이성의 생각을 간파하고 이어서 말했다.

"오늘처럼 이렇게 갑자기 찾아오는 방문객은 저희가 보통 통과시켜 드리지 않지만, 가오위단 씨는 상황이 좀 다르세요. 제가 아주머니를 직접 돌봐드린 적이 있고, 저한테 아들이 있다고 말씀하셨거든요."

"어머니가 저에 대해 말했나요?"

"네, 그때는 상태가 안정적이고 대화도 나눴어요. 다만 아주 조용하신 편이고, 다른 입주민들과 잘 교류하지 않으셨죠. 제가 몇 번인가 돌봐드릴 때 제 나이 또래의 아들이 있다고 하셔서 깜짝 놀랐어요. 아주머니에게 그렇게 큰 자식이 있을 것으로 보이지 않았거든요."

"네, 저희 어머니가 아주 젊을 때 저를 낳으셨어요. 그때도 힘들어 하셨죠."

이성이 다시 어머니를 쳐다보니 왠지 낯이 익으면서도 낯이 설었다.

"그랬군요, 어쩐지. 그리고 제가 시스템을 찾아봤더니, 아주머니가 체크인하실 때 방문자 명단에 세 명의 이름을 등록했는데, 그중 한 명이 선생님 이름이었어요."

"저요?"

이성은 뜻밖의 말을 듣고 멍해졌다.

"네, 아마 아주머니가 언젠가 모든 사람을 잊어버릴 걸 알고 미리 이름을 적어두신 것 같아요. 언젠가 다시 만나기를 기다리고 계셨는지도 모르고요. 비록 오늘 선생님을 알아보진 못했지만요."

"그러면, 이제 더는 아무도 알아보지 못하나요?"

"꼭 그렇지도 않아요. 분명 기억은 점점 퇴화되고 있지만, 어떤 어르신들을 보면 가끔 전날 다 잊었던 일을 다음 날 다 기억하기도 하시거든요."

"그게 가능할까요?"

"드물지만 인간의 뇌는 아직 밝혀진 게 많지 않아서, '기억'의 작동 원리에 대해서조차 과학자들의 의견이 분분해요. 그래서 아무도 앞으로를 장담할 수 없어요."

"제가 생각날 수도 있다는 건가요?"

"가능성이 아예 없진 않죠. 하지만 퇴화로 인한 기억상실은 되돌릴 수 없고, 치매 환자의 증상이 나날이 심해지는 건 사실이에요."

갑작스럽고 많은 이야기에 이성은 머리가 과부하에 걸린 것 같았다. 믿을 수 없다는 표정으로 다시 어머니를 바라보았다. 그는 어머니의 허벅지에 빨간 목도리가 바닥에 반쯤 늘어트려져 있는 것을 발견했다.

심장이 쿵 하고 멈출 것 같았다. 그는 세월이 흘러 색이 어두워진 목도리를 멍하니 바라보았다. 자신이 제대로 본 건지 확신이 들지 않았다.

장 매니저가 이성의 시선을 따라가 보고는 말했다.

"아이고, 목도리가 떨어졌네요."

그녀는 다가가서 목도리를 주웠다. 먼저 목도리를 펴서 깔끔하게 반으로 접은 다음 어머니의 다리에 다시 덮어주었다.

"아주머니가 이 목도리를 아끼셔서 날씨가 별로 춥지 않아도 항상 가지고 다니세요."

이성은 목도리를 보면서 복잡한 감정이 들었다. 그 목도리는 자신이 중학교 가정 시간에 처음 만든 작품이었다. 어릴 적 그는 세심하지 못해서 처음 배울 때 항상 코를 빠트렸다. 코를 빠트릴 때마다 다시 풀어서 뜨기를 몇 번이고 반복했다. 그렇게 할머니 몰래 며칠 밤을 새워 겨우 목도리 하나를 완성했다. 그러고는 할아버지한테 부탁해 어머니의 생신 전에 홍콩에 부쳐달라고 했었다.

나중에 어머니로부터 사진 한 장을 받았는데, 사진 속에서 어머니가 매고 있던 게 바로 이 목도리였다. 짙은 빨간색 목도리는 어머니의 아름다운 얼굴을 더욱 돋보이게 했다. 그가 직접 뜬 목도리는 세상에 딱 두 개밖에 없었다. 빨간색은 어머니에게 보내고, 파란색은 할머니에게 드렸다.

이성은 자신이 실버타운에서 어떻게 나왔는지 기억이 나지 않았다.

장 매니저의 말이 머릿속에서 떠나지 않았다.

어머니에게 아직도 나에 대한 감정이 남아 있던 걸까? 그러면 왜 그동안 나를 찾아오지 않았을까?

감정이 없다면 왜 목도리를 가지고 있었을까? 시스템에 왜 내 이름을 남겼을까?

그는 장 매니저가 어머니의 다리에 목도리를 다시 올려놓던 장면을 떠올렸다. 어머니는 종이를 마느라 바쁜 손을 멈추지 않았고, 별다른 내색도 하지 않았다.

어머니가 정말 나를 잊지 않은 것일까? 기억 속 장면이 점점 사라지고 남은 감정은 진실한 감정일까? 아니면 단순한 물건에 대한 집착일까?

그는 자전거를 힘껏 밟았다. 한 발 한 발 밟을 때마다 물속에서 떠오르기 위해 발버둥을 치는 것 같았다. 슬픔이 몸 전체로 퍼지는 느낌이 들었다.

그는 세상과 맞서려는 듯이 두 손으로 핸들을 세게 움켜쥐었다.

다시 손에 힘을 빼고 자전거와 하나가 되어 유연하게 앞으로 나아갔다.

이렇게 터져 나올 듯한 감정을 느껴본 지가 얼마나 오래됐을까?

여러 해 동안 독서, 운동, 그리고 반복되는 세탁 작업을 통해 가장 단순한 삶을 살려고 노력했다. 소박하고 단순한 삶을 좇으며 모든 일이 자연스럽게 흘러가기를 바랐다.

그렇게 오랜 세월 동안 정리하고, 수용하려고 노력한 것은 결국 아무것도 아니었나?

그는 어머니와 재회하는 순간을 다양하게 떠올려 봤지만, 이럴 줄은 상상도 못했다.

만약 어머니가 그를 잊었다면 분노하고 비난했을 것이다. 만약 그에 대한 애정을 드러냈다면 서로 껴안고 울었을 것이다.

하지만 지금 그는 어머니의 기억에서 사라졌다. 그렇지만 사랑이 없다고 의심할 수도 없었다.

평소 자전거를 능숙하게 타던 그는 울퉁불퉁 튀어나온 노면에 걸려 산 중턱 길가에 그대로 넘어졌다.

다행히 인적이 드물고 뒤따라오는 차도 없었다.

산 중턱엔 바람이 거세게 불었고, 바닥에 넘어진 채 하늘을 올려다보니 나뭇잎이 제멋대로 휘날리고 있었다.

바람이 어디에서 부는지 방향도 알 수 없었다.

이성은 바닥에 누워 소리 내 웃기 시작했다.

그 웃음에는 모든 불만과 분노, 약간의 자책이 섞여 있었다.

웃다가 눈가에 눈물이 맺혔다.

일어나 보니 바지가 찢어지고 신발에 진흙이 묻어 있었지만, 그는 개의치 않았다. 자전거를 꽉 잡은 다음 몇 번의 심호흡을 내뱉은 뒤 천천히 집으로 향했다.

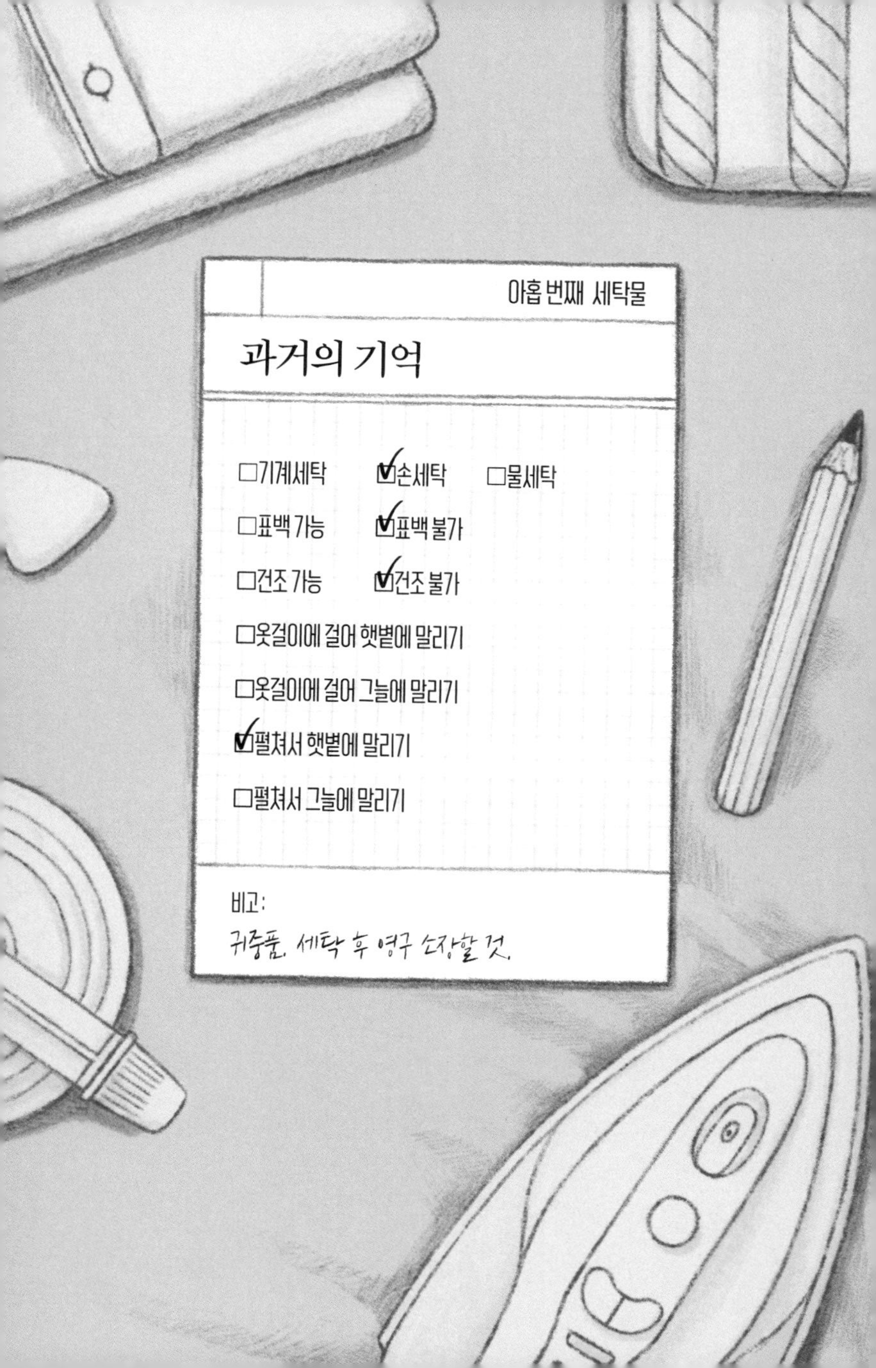
아홉 번째 세탁물
과거의 기억
□기계세탁 ☑손세탁 □물세탁
□표백 가능 ☑표백 불가
□건조 가능 ☑건조 불가
□옷걸이에 걸어 햇볕에 말리기
□옷걸이에 걸어 그늘에 말리기
☑펼쳐서 햇볕에 말리기
□펼쳐서 그늘에 말리기
비고:
귀중품. 세탁 후 영구 소장할 것.

끼익. 자전거의 급정거 소리가 골목 끝에서 울렸다. 마치 과거의 한 장면이 다시 반복되는 것 같았다. 이번에는 자전거를 탄 소녀가 황급히 자전거에서 뛰어내려 곧장 세탁소 안으로 뛰어 들어갔다는 점이 달랐다. 매우 초조해 보였다.

"사장님! 큰일 났어요!"

세탁소에 들어서자마자 사장이 왼쪽 복도 끝에서 나타났다. 사장은 등 뒤로 닫히는 나무문을 아직 잡고 있었다. 샤오루는 그 문 뒤의 광경을 본 적이 있었다. 지난번 그녀를 구했던 곳으로, 그곳에 관한 이야기를 항상 듣고 싶었다. 하지만 오늘은 더 급한 일이 있었다.

"사장님, 빨리 오세요! 큰일 났어요!"

"간다, 가. 또 무슨 일인데 이렇게 호들갑이니."

세탁소 사장은 언제나 태연하여 아무리 큰일이 일어나도 눈 하나 꿈쩍하지 않을 것 같았다.

"보시면 알아요!"

샤오루가 서둘러 스마트폰을 켜고 사장에게 들이밀었다.

"우리 공격당했어요! 이상한 악플이 엄청 많이 달렸다고요."

샤오루의 스마트폰을 받아 든 사장의 가느다란 손가락이 스크린을 휙휙 넘겼다. 표정은 여전히 차분했고, 살짝 올라간 입꼬리는 처음부터 끝까지 아무런 영향도 받지 않는 듯했다.

자세히 보면 세탁소 사장의 맑은 눈동자는 갈수록 깊고 신비로워졌다.

"그래, 알겠다."

그는 스마트폰을 돌려주었다.

"네? 그게 다예요? 사장님, 왜 아무 반응도 없으세요?"

샤오루는 눈앞의 중년 남자를 불가사의하다는 듯 쳐다봤다. 자신의 세탁소가 악의적인 중상모략을 당했는데도 아무런 반응을 보이지 않는다.

"어떤 반응을 해야 하는데? 그 사람들 말은 다 사실이 아닌데, 왜 사실이 아닌 것에 반응해야 하지?"

사장은 마당으로 나가 정원용 가위를 집어 들고 문 양쪽의 키 작은 관목을 다듬기 시작했다.

"사실이 아니니까 대처해야죠! 이러다 세탁소 운영에 지장이 생기면 어떡해요?"

샤오루는 사장을 쫓아가며 계속 말했다. 그가 어떻게 이렇게 침착할 수 있는지 도무지 알 수가 없었다. 세대 차이 때문일까?

"여기는 오래된 세탁소고, 오랜 손님들이 찾는 곳이야. 이제까지 쌓아온 신뢰와 우정을 바탕으로 하기 때문에, 우리 손님들은 사실이 아니란 걸 알 거야."

그의 무표정한 얼굴로 인해 정말 그렇게 생각하는 것인지, 아니면 다른 생각을 하고 있는 것인지 알 수 없었다.

"그래도 그러면 안 돼요!"

샤오루가 계속 설득했다.

"최근에 온 손님들은 모두 새로 온 손님들이잖아요? 저도 그렇고 아모……."

"사장님!"

샤오루의 말이 채 끝나기도 전에 문밖에서 다급한 남자의 목소리가 들렸다.

곧이어 얼굴이 붉게 상기되어 마치 횐동가리처럼 생긴 얼굴이 나타났다.

"사장님! 큰일 났어요! 빨리 인터넷으로 세탁소 댓글 좀 보세요."

아모는 마당으로 뛰어 들어가려 했지만, 아무렇게나 주차된 자전거와 부딪혀 넘어질 뻔했다. 바로 옆에 있던 사장이 민첩하게 그의 팔을 잡았기에 넘어지지 않았지만, 자전거는 앞바퀴가 꺾이며 콰당 소리와 함께 쓰러졌다. 넘어진 자전거의 두 바퀴가 공중에서 헛돌았다.

"아잇! 뭐 하는 거야! 매번 이렇게 성격이 급해서 어떡해!"

샤오루는 자신의 자전거를 세워서 찬찬히 살펴보았다. 자신이 이 사고를 일으킨 원인이라는 걸 까맣게 모르는 눈치였다.

아모는 샤오루의 말에 아랑곳하지 않고 자신의 스마트폰을 사장에게 내밀었다.

"사장님, 빨리 보세요."

언제나 느릿느릿하던 아모가 이렇게 조급한 것도 그 악플들 때문이었다.

하지만 사장은 쳐다보지도 않고 아모의 손을 밀어냈다.

"사장님께 보여줄 필요 없어. 나도 방금 보여드렸는데, 사장님은 아무렇지도 않아."

샤오루는 깨끗한 헝겊을 가져와 자신이 애지중지하는 자전거를 꼼꼼하게 닦았다.

"아모, 고마워. 나도 이미 봤어."

"보셨어요? 이제 어떡하죠? 해명 글을 올릴까요?"

"괜찮아. 우리만 잘하면 돼."

세탁소 사장은 낮은 관목에 다가가 다시 가지치기를 시작했다.

"왜 안 써요? 만약 세탁소 운영에 지장이 생기면 어떡해요?"

아모도 샤오루와 같은 걱정을 했다.

인터넷과 소셜미디어는 진실과 거짓의 경계를 모호하게 하고, 익명 댓글은 가장 안전한 방어막이 되었다. 사람들은 더 이상 사건의 진위를 믿지 않고, 눈에 보이는 글에 현혹된다. 선동당한 사람들은 자신들이 이용당했다는 사실조차 깨닫지 못한다.

"사장님한테 말할 필요 없다니까! 내가 방금 말했듯이 전혀 반응이 없으셔. 우리 둘이 오히려 더 긴장하고 있다니까."

샤오루의 '말해봤자 소용없어, 내가 다 해봤어' 하는 표정은 실망하는 건지 고집부리는 건지 애매했다.

"그게……."

아모는 예상과 전혀 다른 전개에 아무 말도 할 수 없었다.

사장은 여전히 조용히 가지치기에 전념했다.

"사장님, 정말 괜찮아요?"

샤오루와 아모는 젊어서 불의를 보면 감정적으로 반응하는 것이 당연했고, 사장님처럼 아무 행동을 취하지 않는 것은 악의 세력을 키우는 것이라고 생각했다.

사장은 젊은 두 사람의 질문을 무시한 것인지, 아니면 다른 생각을 한 것인지 알 수 없지만, 여전히 가지치기에 몰두하느라 대답할 의사가 없어 보였다. 그는 10초쯤 흐른 뒤에야 비로소 담담하게 입을 열었다.

"통제할 수 없는 문제에 대해서 우리가 할 수 있는 건 감정을 조절하는 것뿐이야."

이미 세탁소에 정이 많이 든 샤오루는 멈출 생각이 없었고, 계속 화를 냈다.

"제일 먼저 댓글을 쓴 사람은 지난번 그 여자가 틀림없어요!"

"누구? 그 여자 누구?"

아모는 난감한 표정으로 머리를 긁적였다.

"그때 그 흰색 스웨터 주인 말이야! 나보고 버리라고 해놓고는 찾아와서 내놓으라던 그 포악한 여자."

"분명히 그 사람이야! 그때 가면서도 독설을 퍼부었잖아? 인터넷에 악플을 달겠다고 했어."

"샤오루! 됐어, 그만!"

사장의 갑작스러운 호통에 샤오루와 아모가 깜짝 놀랐다.

그의 목소리는 크지 않았지만 진지함과 불쾌함을 느낄 수 있었다.

"손님의 일을 함부로 말하지 말라고 했잖아."

늘 미소를 띠던 사장이 차갑고 진지한 표정으로 말했다.

"다들 이 오래된 세탁소를 좋아해줘서 고마워. 하지만 누구나 각자의 어려움이 있고, 지나치게 추측하지 않는 것이 우리가 베풀 수 있는 선의이자 이 세탁소가 지켜온 원칙이야. 너희가 정말로 이 세탁소를 아낀다면, 이 점을 명심해."

그는 나지막한 목소리로 강조했다.

"하지만……."

샤오루는 입을 삐죽 내밀었다.

"그래, 그래. 사장님도 따로 생각이 있으신 것 같으니, 우리가 쓸데없이 걱정하지 말자."

사회생활을 겪은 20대의 아모는 사장의 단호함을 읽고 황급히 샤오루를 집 안으로 데리고 들어갔다.

차분히 가지치기를 끝낸 사장은 바닥에 떨어진 가지와 잎을 쓸어 모았다.

마당은 평소의 고요함을 되찾았고, 빗자루가 이리저리 땅에 쓸리는 소리만 들렸다.

가지치기를 마친 낮은 관목이 훨씬 깔끔하고 가지런해졌다. 그러다 갑자기 기억 속에서 할아버지가 식물을 다듬는 법을 가르쳐주던 때가 떠올랐다.

"이 꽃 너무 예쁘지 않니?"

할아버지는 관목 앞에서 가지치기를 하고 있고, 할머니는 아이의 손을 잡고 옆에서 부드럽게 속삭였다.

이성은 고개를 끄덕이며 귀를 기울였다.

"이 꽃을 더 잘 피우려면 봄에 첫 꽃봉오리가 나올 때 싹의 일부를 떼어내야 한단다. 시든 후에는 제때 남은 꽃을 떼어내야 양분이 모여서 다음 꽃이 잘 피고 말이지."

할아버지가 말하면서 손을 뻗어 나뭇가지의 새순을 정성껏 닦았다.

"그리고 가을이 끝나갈 즈음에 마지막 꽃이 지면 반드시 마른 가지와 잎을 잘라내야 다음 해에 꽃이 다시 만개할 수 있단다."

낮은 관목을 보고 있으니, 할아버지의 부드러운 음성이 들려와 마치 어제의 기억이 되살아나는 것 같았다.

지금은 그때처럼 활짝 핀 꽃은 더 이상 볼 수 없지만, 그의 눈에는 마치 불꽃처럼 하얀 점, 파란 점, 보라빛 점이 찬란하게 빛났다. 불꽃놀이는 쏘고 난 뒤 날아가는 시간이 6초가 채 되지 않고, 꽃도 꽃잎이 모두 피어나는 시기가 며칠밖에 되지 않는다. 이런 공통점은 그것이 얼마나 오래 존재했는지가 아니라 인간의 마음속에 얼마나 많은 기억과 감정을 남겼는지를 깨닫게 한다. 감정이 존재하는 한 그 순간은 영원한 것이다.

세탁소의 마당을 직접 맡아서 돌보는 것은 사장의 주요 업무였다. 꽃들이 다시 만개할 때, 이곳에 오는 모든 손님이 그 모습을 볼 수 있도록 하기 위해서였다. 시간이 아무리 흐르고, 외부 환경이 아무리 변해도, 이곳은 변한 적이 없었다.

갑자기 집 안에서 쿵 하는 소리가 들려와 사장은 생각에서 빠져나올 수 있었다.

그는 급히 대나무 빗자루를 버려두고 집 안으로 뛰어 들어갔다.

샤오루와 아모는 너무 놀라 서로를 쳐다보고 있었고, 바닥에는 온 잡동사니가 흩어져 있었다. 한쪽에는 원래 책장 맨 위 칸에 있던 상자가 있었고, 그게 왜 떨어졌는지 모르겠지만 그 속에 있던 잡동사니가 굴러 나와 있었다. 찌그러진 농구공, 클래식 자동차 모형, 표면이 흐릿해진 나침반, 누렇게 변한 쪽지, 그 외에도 각종 장난감들이 가득했다. 모두 수십 년 이상 된 낡은 물건처럼 보였다.

"지금 뭐 하는 거야?!"

뭐가 떨어졌는지를 확인한 사장의 얼굴이 새파랗게 질렸다.

"죄, 죄송해요."

두 사람은 사장의 처음 보는 모습에 더더욱 어떻게 해야 좋을지 몰라 허둥지둥 정리를 시작했다. 하지만 사장이 재빨리 막아서며 말했다.

"됐어! 내가 할게!"

심리적인 이유 때문인지 사장의 목이 쉬었다.

샤오루와 아모는 잘못을 저지르고 벌 받기를 기다리는 아이처럼 옆에서 꼼짝도 하지 않고 사장을 기다렸다. 사장은 물건을 하나하나 집어 들고, 확인하고, 다시 천천히 상자 안에 넣었다.

시간이 잠시 멈춘 듯이 정리를 마치고 상자를 덮자, 사장은 문득 자신이 과민반응을 했다는 것을 깨달았다.

"미안해. 너무 크게 소리 질러서 놀랐니?"

그는 상자를 들어 책장 옆 낮은 탁자에 올려두고 애써 미소를 지었다.

"아니에요. 저희가 잘못했어요. 저랑 샤오루가 싸우다가 그만 책장에 부딪혔어요."

"죄송해요."

샤오루도 고개를 숙였다.

"괜찮아! 낡은 물건일 뿐인데, 내가 너무 과하게 반응했어."

사장은 더 이상 말하지 않고 서둘러 세탁소 업무를 시작했다.

아모는 황급히 핑계를 대고 돌아갔지만, 샤오루는 사장의 갑작스러운 반응에 더욱 궁금해져서 확실하게 물어보고 싶었다. 이 세탁소 안에는 알고 싶은 게 너무 많았고, 사장이 악플에 동요하지 않은 것도, 상자를 엎었다고 화를 낸 것도 이상했다.

게다가 복도 끝의 신비로운 방은 또 어떻고?

어떻게든 알아내야 괴롭지 않을 것 같았다.

세탁소 안에는 다시 평소대로 세탁기와 건조기가 규칙적으로 작동하는 소리가 울려 퍼졌다. 샤오루는 사장과 대화를 나누지 않고 조용히 있었다. 샤오루는 어떻게 말을 꺼낼지를 궁리하며 궁금한 모든 것을 생각했고, 사장은 자신이 나이도 많은데 화를 참지 못했다는 사실에 괴로워했다.

샤오루는 순서대로 업무를 처리했다. 손님들이 맡긴 이불과 수건을 깨끗이 세탁하고 건조한 다음 가지런히 개어서 테이블 위에 차곡차곡 쌓았다.

"사장님."

샤오루가 마침내 얼어붙은 분위기를 깨고 입을 열었다.

"이 수건들은 다 정리했어요."

"아, 정말 고마워."

사장은 이마를 닦으면서도 왠지 조금 멋쩍었다. 그는 샤오루가 도와준 것에 감사할 뿐만 아니라 함부로 말썽을 일으키지 않은 것에 대해서도 감사했다. 오늘은 오히려 자신이 평소처럼 침착하지 못했다.

"저기……."

샤오루는 자신들이 부딪혀 엎어졌다가 사장이 정리한 상자를 한 번 바라보았다.

"저 상자, 제가 책장에 다시 올려놓을까요? 죄송해요. 저희가 너무 경솔했어요."

"괜찮아. 나중에 뒤편의 방에 갖다 둘 생각이야."

맞다! 뒤편의 방!

샤오루의 눈빛이 반짝였다. 그 신비로운 방에 대해 자세히 물어볼 기회가 없었는데 드디어 생긴 것이다.

"사장님, 저 방에 뭐가 그렇게 많아요? 그리고 전부 포장이 잘 되어 있어요."

"궁금하니?"

세탁소 사장은 직접 상자를 들고 뒤쪽으로 걸어갔다. 그는 딱히 말하지 않았지만, 샤오루는 즉시 의도를 알아차리고 그의 뒤를 따라갔다.

세탁소는 오래된 구옥의 구조를 가졌다. 왼쪽 벽의 계단을 따라 위층으로 가면 사장이 거주하는 생활공간이 나온다. 계단 옆으로는 긴 복도가 있고, 그 끝에는 구식 부엌이 있다. 모자이크 타일의 싱크대 바로 맞은편에 나무문이 하나 있다.

사장이 상자를 안고 나무문을 열자, 뒷마당의 빛이 따라서 집 안으로 들어왔다. 그 빛이 마치 스포트라이트처럼 방 안 곳곳을 비춰서 불을 켜지 않아도 그다지 어둡지 않았다.

방 안을 자세히 살펴보면 많은 철제 선반이 놓여 있고, 그 선반에는 각종 옷가지가 걸려 있으며, 구두, 서류 가방, 셔츠, 스웨터, 정장 바지가 모두 깨끗이 세탁되어 투명한 비닐봉지에 포장되어 있었다. 다른 한쪽에는 비닐을 씌운 코트, 외투, 양복이 가지런히 매달려 있었다.

사장은 상자를 안고 방으로 들어가 여유롭게 한 바퀴 둘러본 후, 앞줄 선반 끝에 상자를 밀어 넣었다. 선반 위의 공간과 상자의 크기가 딱 들어맞았다.

샤오루는 문 앞에 서서 망설이다가 천천히 따라 들어갔다.

"우와, 사장님, 여기 무슨 물건이 이렇게 많아요?"

그녀의 눈이 휘둥그레졌다.

두 번째로 이 방에 들어왔지만, 지난번에는 너무 급한 나머지 제대로 살펴볼 기회가 없었다.

실내 온도가 적당해 에어컨을 틀지 않았는데도 공기의 자연스러운 흐름이 느껴졌다. 일반적으로 오래된 방은 후텁지근한 더위와 곰팡이 냄새가 나기 마련인데, 여기는 오히려 은은한 비누 냄새가 났다. 샤오루는 미묘한 기분이 들었지만 그것이 무엇인지는 알 수 없었다.

"여기 있는 건 손님들이 두고 간 물건들이야."

사장이 천천히 입을 열었다.

이 방에 보관되어 있던 것은 세탁소에서 여러 해 동안 손님이 찾으러 오지 않은 물건들이었다. 이 세탁소는 할아버지와 할머니 대부터 운영해 오면서 거의 반세기 동안 다양한 세대의 물건이 남아 있었다. 샤오루는 방금 그 기묘한 느낌이 무엇인지 알게 되었다. 이 방은 서로 다른 시간대의 다양한 물건을 보관하고 있었고, 마치 시간이 이곳에서 멈춘 것 같았다. 모든 물건은 안전하게 보관되고, 새것과 헌것이 섞여 있지만 서로 영향을 주지 않았다.

그것들은 그저 묵묵히 기다리고 있었다.

"손님이 두고 갔다고요? 찾으러 안 온 거예요?"

"그렇지."

사장은 방 안을 돌아다니며 세탁 라벨이 쓰인 글자를 아직 알아볼 수 있는지 확인했다.

"왜요? 더 이상 원하지 않아서요?"

샤오루는 이해가 되지 않았다.

"원하지 않는 건 아니겠지. 그렇다면 애초에 왜 세탁을 맡겼겠어?"

"그럼 왜 남겨진 거예요?"

"여러 이유가 있을 수 있는데, 가지러 오기 싫은 게 아니라 가지러 올 수 없는 거겠지."

샤오루는 사장과 함께 방을 한 바퀴 돌며 마치 박물관을 구경하는 것처럼 자세히 구경했다.

"물건이 정말 많네요. 어떤 것들은 저희 부모님의 물건보다 더 낡아 보여요. 몇 십 년은 더 된 것 같아요. 설마! 사장님이 아직까지 일일이 꺼내서 세탁하시는 건 아니겠죠?"

"당연히 해야지! 여기에 남아 있는 한은 잘 보관해야지."

사장은 당연하다는 표정을 지었다.

"왜요? 어차피 잊어버리고 가지러 오지도 않는데."

샤오루는 사장의 생각을 도무지 이해할 수가 없었다.

"잊어버리더라도 잘 보관하는 것이 손님들이 처음 맡길 때의 마음이잖니. 정말 잊혔다 해도 **그것들이 누군가의 기억 속에 존재하는 한 가치가 있는 거란다.**"

"그건 너무 일방적인 생각 아닌가요?"

"인생에서 우리가 만나는 일은 '**개인이 통제할 수 있는 것**'과 '**통제할 수 없는 것**'으로 나뉘어."

샤오루는 고개를 갸우뚱했다.

"우리 세탁소는 수십 년 동안 운영해 왔어. 우리 할아버지와 할머니 때부터 지금까지 많은 손님이 다녀갔고, 어떤 단골손님들은 한동안 자주 왔지만, 또 언제 이후로는 보이지 않았지. 어떤 새로운 손님은 그냥 지나가는 손님일 거라 생각했지만 깊은 우정을 쌓기도 했어. 우리는 다른 사람의 거취를 결정할 수 없고, 유일하게 할 수 있는 일은 우리에게 주어진 일을 잘하는 거란다. 그리고 인내심을 가지고 기다리면 되는 거야."

모든 물건은 잘 대접받을 가치가 있고, 세심하게 관리하면 반드시 그걸 알아주는 사람이 있을 것이다.

세탁소에 맡겨진 물건은 전부 잘 보관되어 있고, 이곳에서 주인이 데리러 오기를 기다리고 있다. 이 말들은 사장의 입 밖으로 나오지 않았다. 그저 언젠가 누군가 그에게 해준 이야기를 마음속으로 되뇔 뿐이었다. 설령 그가 기다리던 사람이 다시는 돌아오지 않을지라도.

"기다리기만 하나요? 너무 수동적이에요. 사람의 마음이 변하는데 어떻게 다시 돌아오겠어요?"

"어제든 오늘이든 내일이든, 이 세상에 변하지 않는 것은 없어."

이 말을 하자 사장의 머릿속에 뭔가가 떠올랐다. 그는 멍하니 그 자리에 서서 몸을 떨었다. 두 눈은 샤오루를 빤히 쳐다보고 있었지만, 오히려 자신의 생각에 잠겼다.

"사장님, 왜 그래요?"

"아, 괜찮아, 괜찮아."

사장은 정신을 차리고 고개를 가로저었다.

괜찮다는 말은 샤오루와 자신에게 하는 말이었다.

"뭔가 생각나신 거 아니에요?"

샤오루가 취조하듯 물었다.

"Yesterday-Today-Tomorrow."

사장이 갑자기 말했다.

"아까 내가 가지치기하던 식물 생각나니? 그 식물의 영어 이름이 'Yesterday-Today-Tomorrow'야. '어제, 오늘, 내일'이라는 뜻이지."

세탁소 마당의 낮은 관목의 이름은 원래 '브룬펠시아 라티폴리아(Brunfelsia latifolia)', 봄에 꽃이 피기 시작하고 꽃의 크기는 직경 2센티가 안 되는 동전 크기 정도로 작다.

"그 식물이 특별한 이유는 꽃이 처음 필 때는 밝은 자주색이었다가 점차 보라색으로 변하다가 지기 전에는 순백색으로 변하기 때문이야. 꽃마다 개화 시기가 달라서 한창일 때는 보라색, 파란색, 흰색의 꽃이 가득 핀단다. 서양에서는 그래서 이렇게 낭만적인 이름을 붙여주었어. 언제 피는 꽃이든 다 똑같지만 말이야."

샤오루는 마당에 드나들던 기억을 떠올리며 관목꽃이 활짝 피었던 모습을 어렴풋하게 회상했다. 밝은 녹색 바탕에 온통 보라색, 파란색, 흰색 점으로 수놓아져 마치 밤중에 불꽃이 찬란하게 피어오른 것 같았다.

사장은 어떻게 이야기를 이어갈지 궁리하고 있었다.

"내가 왜 인터넷의 악플에 반응이 없었는지가 궁금한 거지?"

샤오루는 고개를 힘차게 끄덕였다.

"수십 년간 이곳의 경영철학은 이곳에 들어오는 모든 물건을 적절하게 대하는 거였어. 바깥세상이 아무리 변해도 이곳은 초심과도 같은 곳이지. 인터넷의 좋고 나쁜 댓글은 평가자의 눈높이일 뿐, 그 순간의 모습만을 반영할 뿐, 전부이지도 영원하지도 않단다. 그래서 악플을 대할 때 해명하든 안 하든 달라지는 게 없는 거지."

사장은 차분한 목소리로 이야기를 계속했다.

"'어제, 오늘, 내일'처럼 같은 물건은 여전히 같은 거고, 겉으로 보기에는 달라도 본질은 변하지 않아. **마음으로 느낄 때 많은 것들이 다르게 보일 수 있지만, 그건 단지 우리가 보는 눈이 다르기 때문이야. 그 자체가 달라지는 것은 아니란다.**"

세탁소 사장은 가볍게 말했지만 흔들림 없는 눈빛과 말투는 그의 어떤 신념을 보여주는 듯했다.

그것이 무엇인지는 설명하기 어렵지만, 기억의 서랍을 열었을 때 그 기억 속에서 할머니가 들려준 이야기 중 하나일 것이다.

'어제, 오늘, 내일'이라는 단어는 세 개의 시간대가 관목에 동시에 존재하는 것을 상징하는데, 마치 이 신비로운 방이나 세탁소 사장 자신의 심경을 상징하는 것 같았다. 과거에 대한 추억이고, 현재의 즐거움이며, 미래에 대한 기대였다.

샤오루는 사장의 수수께끼 같은 말을 반쯤 알아듣고는 더 이상 참지 못하고 화제를 돌렸다.

"그럼 이 방에서 가장 오래된 물건은 얼마나 됐어요? 사장님만

큼은 아니겠죠?"

아무 의미 없이 한 말에 사장은 또다시 깊은 생각에 잠겼다.

갑작스러운 침묵으로 샤오루는 자신이 묻지 말아야 할 질문을 했다고 생각하고, 어떻게 수습할지를 생각하던 중 사장이 갑자기 씁쓸한 목소리로 입을 열었다.

"음, 나처럼 오래됐지."

만약 자신도 이곳에 남겨져 보관되고 있는 물건이라고 생각한다면.

"네? 그럼 40년 넘은 거 아니에요?"

샤오루가 놀라서 소리쳤다.

"그렇게 오래됐어요? 찾으러 와야 한다는 걸 기억이나 하겠어요?"

"기억하겠지! 난 줄곧 그렇게 믿어왔어. 그게 이 세탁소의 존재 이유야. 이곳의 모든 사람과 물건은 누군가를 기다려."

나는 말고 말이야. 내가 기다리는 사람은 이미 나를 잊었어. 스스로 떠올린 마지막 말이 사장의 마음속에 깊이 박혔다.

"실례합니다! 안에 계세요?"

세탁소 앞마당에서 소리가 들리는 걸 보니 손님이 온 것 같았다.

두 사람은 서둘러 방에서 나왔고, 마지막으로 사장은 신비롭고 의미심장한 눈빛으로 방 안을 둘러보았다.

방문을 닫고 사장은 샤오루를 따라 앞문으로 걸어갔다.

이 세탁소를 그가 인수한 이후, 그도 이 물건들처럼 줄곧 어머니가 돌아오기를 기다리고 있었다. 기다림이 너무 길어서 한때는 더 이상 기다리지 않는 줄 알았지만, 더 이상 기다리지 않았다면 어떻게 이 낡은 세탁소를 계속 지킬 수 있었을까? 기다리지 않는다고 여기는 것도 아마 의식적인 생각일 것이다. 그래서 어머니가 이미 귀국하셨다는 것을 알았을 때, 어떤 일이 있어도 어머니를 찾겠다고 마음을 먹었고, 왜 그를 보러 오지 않았는지 물어보려고 했다.

어머니에 대한 원망은 사실 이미 옅어진 지 오래였다. 대신 자신을 할머니에게 맡겨준 것이 고마웠다. 어머니보다 할머니의 보살핌이 그에게 더 진실한 감정과 의존적이고 안정적인 관계, 안정감을 안겨주었다.

어찌된 일인지 그의 머릿속에는 어린 시절 할머니가 그의 작은 손을 잡고 마당에서 꽃구경하던 장면이 다시 떠올랐다. 사랑받고 자라는 느낌이라는 게 이런 거겠지? 어머니가 이곳에 데려오지 않았다면, 그는 할아버지와 할머니의 사랑을 받으며 자라지 못했을 것이다. **어머니가 그에게 준 가장 큰 선물은 사실 그를 여기에 남겨둔 것이었다.**

마당 입구에 있는 관목은 할머니가 가장 좋아하는 식물이고, 무뚝뚝하고 말수가 적은 할아버지가 직접 할머니를 위해 심은 것이었다. 할머니에 대한 할아버지의 사랑은 말로 표현된 것이 아니라 별과 불꽃처럼 피어나는 꽃으로 표현된 것이다. 한때는 그분들의 낭만이었지만, 지금은 두 분에 대한 그리움이 되었다.

그는 앞치마를 단정히 매고 카운터로 나가며 방문객을 맞을 준비를 했다.

"안녕하세요, 어서 오세요. 혹시 세탁물을 맡기실 건가요……."

그의 눈앞에 실버타운의 장 매니저와 그녀의 부축을 받는 어머니가 서 있었다.

그는 자신이 잘못 본 것이 아닌지 눈을 끔벅거렸다.

"안녕하세요. 여기가 세탁소 맞죠?"

그의 앞에 선 어머니의 목소리도 기억과 크게 다르지 않았다.

"네……."

이성의 심장이 쿵쾅대기 시작했다. 그는 의아한 마음을 억누르려고 애쓰며 어머니 옆의 장 매니저를 쳐다보았다.

"아주머니께서 오늘 아침에 일어나자마자 계속 외출하시겠다고, 꼭 가봐야 할 곳이 있다고 하셔서요."

장 매니저는 주머니에서 반으로 접힌 갈색 종이를 꺼내 세탁소 사장에게 건넸다.

이성은 앞으로 다가가 천천히 낡은 종이를 받아서 조심스럽게 펼쳤다. 한눈에 이 종이가 익숙한 포장지의 앞면임을 알아봤다. 그가 어린 시절에 쓴 글씨가 적혀 있었다. 하나는 어머니가 홍콩에 살던 당시의 주소였고, 다른 하나는 세탁소의 주소였다.

이 종이는 그가 어머니에게 직접 목도리를 만들어 보낼 때 사용했던 택배 포장지였다.

이성은 눈앞의 두 사람을 응시했다. 무슨 말을 해야 할지 몰랐다.

"안녕하세요. 사장님 부부 계신가요?"

어머니는 그를 세탁소 직원으로 생각하는 듯했고, 사장님 부부는 아마도 할머니와 할아버지를 말하는 것 같았다.

"어…… 그분들은 오늘 안 계세요."

혼란스러운 와중에도 그는 이성적으로 어머니의 인지를 방해하지 않으려고 했다.

"안 계셔요? 그럼 가오이성이라는 남학생은 있나요?"

어머니가 조급해하며 물었다.

"그분은……."

이성이 대답하려는 순간 장 매니저가 그에게 무언가 눈짓을 보냈다.

"그분도 사장님, 사모님과 같이 나가셨어요."

"네? 나갔다고요?"

어머니는 갑자기 풀이 죽은 듯 목소리가 줄어들었다.

"언제 돌아오려나?"

어머니가 혼잣말인 듯 중얼거렸다.

사람은 항상 기억에 의지하지만, 기억은 가장 믿을 만한 동맹은 아니다. 가오위단은 아들의 이름을 기억하지만, 이미 세월이 많이 흘렀다는 사실은 기억하지 못한다. 아들은 이미 당시의 아이가 아니다. 게다가 눈앞에 있는 사람이 자신의 아들이라는 것을 알아채지 못하는데 이걸 기억이라고 할 수 있을까? 아니면 기억하지 못하는 것일까?

"그럼, 다음에 다시 올게요."

가오위단은 실망하여 장 매니저를 데리고 돌아서려 했다.

"잠시만요."

어머니가 떠나는 것을 보고 이성은 붙잡고 싶은 생각에 황급히 방법을 생각했다.

"혹시, 쪽지라도 남기실래요?"

"쪽지요? 됐어요. 아이한테도 제가 왔었다고 말하지 말아주세요. 깜짝 놀라게 해주고 싶어요."

말하고 나서 그녀는 계속 밖으로 걸어 나갔다.

수십 년이 지나도 명령하는 듯한 어머니의 도도한 말투와 고집 세고 거만한 성격은 그대로였다.

어머니를 붙잡지 못한 이성은 자기도 모르게 쫓아 나가다가 갑자기 소리쳤다.

"사실 성이도 당신이 돌아오기를 기다렸어요!"

가오위단은 걸음을 멈추고 이성을 돌아봤다.

"잠깐만 기다려주세요."

이성은 그 방으로 뛰어가 상자를 뒤적이며 자신이 찾던 물건을 찾아 다시 문으로 달려갔다.

가슴이 너무 두근거렸는데, 급하게 뛰어서 그런 건지 지나치게 긴장해서 그런 건지는 알 수 없었다. 그는 자신이 찾아온 물건을 두 사람 눈앞에 보여주었다.

그것은 회색과 검정색으로 된 배낭이었다. 배낭의 끈은 떨어졌다가 다시 꿰맨 흔적이 있었다.

"당신이 떠나고 이 배낭이 몇 번이나 떨어졌지만 성이는 계속 가지고 있었어요. 엄마가 데리러 올 때까지 잘 가지고 있으라고 했거든요."

배낭을 본 가오위단은 고개를 갸우뚱하며 당혹스러워했다.

"이 배낭은…… 내가 준 것 같긴 한데, 너무 낡았잖아. 그렇게 오래됐나?"

가오위단은 손으로 꿰맨 흔적을 더듬었다. 그녀의 눈이 반짝였고 배낭과 눈앞의 이성을 번갈아 보았다.

시공간이 잠시 멈춘 듯 모두가 침묵하며 기다렸다.

그녀는 한참을 눈앞에 서 있는 남자를 응시했고, 기억이 그녀의 머릿속을 헤엄치기 시작했다. 잠시 멈췄던 타임라인이 조금씩 움직였다. 흐릿한 기억 속에서 여섯 살짜리 아이의 얼굴이 눈앞의 얼굴과 선명하게 겹쳤다. 이상한 느낌이 든 그녀는 이 느낌을 믿어야 할지 망설였다.

"성, 성이니……?"

가오위단의 입에서 확실치 않은 몇 글자가 새어 나왔다.

이성이 어머니 앞으로 천천히 다가갔다. 두 사람의 눈이 마주쳤고, 메말랐던 눈시울은 어느새 젖어 있었다. 기억은 가장 충실한 동맹은 아니지만, 감정은 믿을 수 있는 것이다. 감정은 사람들에게 내면 깊숙한 곳을 직시하게 만든다. 가오위단은 손을 뻗어 이성의 뺨을 어루만졌다. 손바닥에서 느껴지는 촉감은 숨어 있던 기억을 불러왔다. 손바닥으로 그녀를 오랫동안 기다려 온 사람을 느끼면서 먼지와도 같던 기억이 천천히 떠올랐다.

이성은 계속 침묵을 지켰고, 뺨에 어머니의 따뜻한 손바닥이 느껴지자 호흡이 가빠왔다. 그는 성급하게 대답하지 않았다. 이미 많은 시간을 기다렸지만, 그렇기에 더욱 이 순간에 서두를 필요가 없었다. 기다림은 언제나 힘들다. 그렇지만 마지막 결말이 어떻든 기다리는 사람에게는 기다린다는 것 자체의 의미가 훼손되지 않는다. 내일의 어머니는 어른이 된 자신을 다시 기억하실까? 비록 지금은 알 수 없지만 이 세탁소에서 기다려 온 과정을 통해 그는 이미 세탁되고, 새롭게 바뀌고, 다시 태어났다.

어쩌면 기다림의 의미는 끝이 아니라 과정에 있을지도 모른다. 기다리는 것 자체가 닦이고 정화되는 과정일 것이다. 그렇기 때문에 기대를 품고 기다려 온 과정이 이미 그의 인생을 달래주었다.

저자후기

이야기는 곧 인생

알프레드 아들러(Alfred Adler)는 '이야기가 곧 인생'이라고 말했습니다. 아홉 가지 물건에 담긴 아홉 가지 이야기를 통해 어떤 인생을 읽으셨나요?

저는 심리상담사로서 상담실에서 많은 사람들의 이야기를 듣습니다. 사건들이 뱉어내는 기억의 단편과 함께 삶의 기승전결을 찾아내고, 흩어진 기억의 퍼즐을 더 완전한 인생 이야기로 엮어내지요. 물론 사람이 살아가면서 겪는 사건들은 실제로 꺼낼 수 있는 것보다 많습니다. 잠재의식 속에 묻혀 있는 이야기들은 말로 바뀌지 못하더라도 여전히 감정으로 남아 개인의 내밀한 기억이 되고, 언젠가 발견되길 기다립니다.

저는 삶의 이야기를 듣는 순간을 소중하게 여깁니다. 사건 주인공의 세계에 들어가는 것은 특별하고 영광스러운 경험입니다. 그건 마치 일본 만화 〈키시베 로한은 움직이지 않는다〉의 등장인물인 '키시베 로한'이 가진 '헤븐즈 도어' 능력을 얻어서 다른 사람의 인생 이야기를 펼쳐볼 수 있는 것과 비슷합니다. 사람들의 이야기가 가진 생명 치유 능력에 감동하게 되지요.

어떤 심리학자들은 깊은 기억은 판도라의 상자와 같아서 함부로 펼쳐서는 안 되며, 섣불리 들여다보면 걷잡을 수 없는 재앙을 초래할 수 있다고 주장합니다. 하지만 저는 상담 과정에서 기억이 사람들의 삶을 풍부하게 하는 보물이라는 것을 깨달았습니다. 어제든 오늘이든 내일이든 간에 사람들의 머릿속에 기억들이 떠오른다면, 그것은 귀중한 자원이며 상처를 치유하는 열쇠가 될 수 있습니다. 이야기는 개인의 객관적인 경험이지만 동시에 개인의 주관적인 해석이기 때문에 심리학자들은 실제 상황과 상관없이 개인이 삶의 경험을 어떻게 해석하는지에 주목합니다. 적절한 시기에 주인공과 함께 들여다보면 아무리 어두운 기억의 조각일지라도 구원의 서광이 될 수 있습니다. 세탁소 사장이 소중히 여기는 것은 세탁물 자체의 가치일 뿐만 아니라 그 이면에 숨겨진 의미이기도 한 것처럼 말입니다.

사람은 언제나 기억에 의존합니다. 비록 기억이 가장 믿을 만한 동맹은 아닐지라도, 기억의 감정은 항상 우리에게 마음속 깊은 곳의 열망을 보게 하지요.

그래서 저는 책상 앞에 앉아 컴퓨터 스크린을 마주했습니다. 직관에 따라 자신도 깨닫지 못했던 내면의 기억과 세탁소에서 일어나는 이야기들을 하나하나 엮고 또 풀어냈습니다. 저는 이야기를 좋아합니다. 이야기가 저를 사로잡는 이유는 짧은 시간 안에 인간사의 모든 아름다움을 응축할 수 있기 때문입니다. 말할 수 있는 것도, 말할 수 없는 것도 이야기 속 인물들의 대화적 상호작용을 통해 풀어낼 수 있습니다. 독자를 대신하여 인생의 쓴맛과 단맛을 서술합니다.

저에게 소설은 그를 통한 치유를 의미합니다. 독자는 자기 감정의 일부를 이야기 속에 넣어 뇌가 소화할 수 없는 삶의 어려움을 내면의 정서에 맡겨 다뤄낼 수 있습니다. 《나쁜 기억을 지워드립니다 시간세탁소》는 비교적 짧지만, 이 안의 모든 이야기는 저에게 매우 큰 의미가 있습니다. 비록 허구일지라도 이야기 안에 쏟아부은 감정과 생각은 더없이 사실적이기 때문이죠. 아홉 가지 세탁해야 할 물건과 에피소드를 통해 각 주인공의 내면을 정리할 뿐만 아니라 세탁소 사장의 인생 세탁 여정을 그려냈습니다.

이 책에는 심리학자로서의 욕심이 담겨 있습니다. 세탁소 안의 벽 귀퉁이, 벽돌 위 공간의 흐름 속에 아들러와 다른 철학자의 모습을 애써 남겼고, 제가 좋아하는 사람과 물건도 집어넣었습니다.

마치 세탁소 안에 제 일부를 함께 남겨둔 것 같습니다. 제가 좋아하는 배우를 상상하는 것처럼 창작의 과정에서 일부 '진짜 나'를 등장인물로 그려 넣었습니다. 그러면서도 이야기 속 등장인물들에게서 저를 찾을 수 없길 바랐습니다. 각각의 등장인물은 저의 일부인 것처럼 같은 감정, 성격, 말하는 방식, 인생의 고민과 선택을 공유하지만, 이들은 역시 제가 아닙니다.

이 아홉 가지 물건과 이야기를 어떻게 바라보고 계신가요? 어쩌면 당신도 세탁소 사장 이성과 함께 세탁소에서 어린 시절부터 중년까지의 삶을 지나오면서, 어떤 기억들은 세탁했을지도 모릅니다. 이야기 속에서 자신을 보았을지도 모르고, 어떤 말에 감동을 받았을지도 모릅니다.

혹시 한때 자신의 감정을 물건에 투영한 적이 있나요? 글쓰기는 고독하지만 그 고독함이 꼭 외로운 것은 아닙니다. 이야기 속의 어떤 감정이 당신의 마음을 울렸다면, 그것이 제게는 가장 큰 감격과 감동일 것입니다. 이야기에는 각각 다른 물건들이 등장하는데, 심리학적으로 볼 때 이는 모두 인격과 의식을 상징합니다. 사람들이 사물에 대한 애틋함이나 감정을 드러내는 것은 사람이 이 세상에서 살아가고, 이 세상과 연결되는 것을 의미합니다. 이 소설을 통해서 작가인 저도 독자인 여러분과 교감하게 되었습니다.

저는 이 소설을 쓰면서 황관문화팀(皇冠文化團隊)의 두터운 신뢰와 협조를 얻었고, 그들 덕분에 심리학 이야기를 풀어내기만 한 것이 아니라 이야기를 구성할 수 있었습니다.

황관의 편집장 팅팅(婷婷)님, 책임편집자 청환(承歡)님, 마케팅 기획 차이진(采芹)님, 표지 삽화 Damee 님, 디자인 Bomi 님, 잡지 편집장 샤오잉(曉盈)님에게 감사드립니다. 샤오잉님의 첫 제안이 아니었다면 이 세탁소는 개업하지 못했을 겁니다. 초고에 대한 팅팅 님의 확신은 제게 자신감을 불어넣었고, 세탁소 이야기를 계속할 수 있게 했습니다. 청환 님은 꼼꼼하게 살피며 전문적인 조언을 해주었고, 덕분에 세탁소 이야기를 완성시킬 수 있었습니다.

또한 저의 글을 격려하고 응원해 주는 샤오화(小花)와 샤오위(小玉)에게 감사하고, 전속 '독자 친구' 엠마에게 감사를 전합니다. 이분들의 지지와 도움이 없었다면 제 생애 첫 소설을 완성하지 못했을 겁니다. 물론 독자님께도 큰 감사를 전합니다. 하이디가 글을 쓰는 데 있어서 독자님들의 취향이 절대적인 기준이 되지는 않겠지만, 읽어주는 사람이 없다면 더 이상 즐겁게 쓸 수 없을 겁니다.

세탁소의 미래는 어떻게 될까요?

저는 여전히 조용한 골목 끝을 지키면서 인연이 닿는 모든 손님을 묵묵히 기다리고, 주어진 임무를 충실히 완수할 것이라고 생각합니다.

이제 이 책의 임무는 끝났습니다. 세탁소 안의 모든 인물과 물건을 당신이 알게 된 인연과 엮어냈지만, 그 임무는 이 후기로써 마침표를 찍습니다.

그럼 이제 작별 인사를 전합니다!

행복한 사람은 작별 인사를 잘하는 사람이니까요.

고맙습니다. 안녕!

하이디

옮긴이 _ 박주선

성균관대학교에서 경제학과/국제통상학과를 전공했으며, 이화여자대학교 통역번역대학원 한중과를 졸업했다. 현재 국제회의 통역사 및 번역집단 실크로드 소속 전문 번역가로 활동하며 다양한 분야의 중국 도서를 우리말로 옮기고 있다. 옮긴 책으로《나답게 나이 드는 즐거움》이 있다.

나쁜 기억을 지워드립니다 시간세탁소

초판 1쇄 발행 2024년 4월 19일 | 초판 3쇄 발행 2024년 11월 5일

지은이 하이디 | 옮긴이 박주선 | 일러스트 엘무늬

펴낸이 신광수
CS본부장 강윤구 | 출판개발실장 위귀영 | 디자인실장 손현지
단행본팀 김혜연, 조기준, 조문채, 정혜리
출판디자인팀 최진아, 당승근 | 저작권 김마이, 이아람
출판사업팀 이용복, 민현기, 우광일, 김선영, 이강원, 신지애, 허성배, 정유, 정슬기, 박세화, 정재욱, 김종민, 정영묵, 전지현
CS지원팀 강승훈, 봉대중, 이주연, 이형배, 이우성, 전효정, 장현우, 정보길
영업관리파트 홍주희, 이은비, 정은정

펴낸곳 (주)미래엔 | 등록 1950년 11월 1일(제16-67호)
주소 06532 서울시 서초구 신반포로 321
미래엔 고객센터 1800-8890
팩스 (02)541-8249 | 이메일 bookfolio@mirae-n.com
홈페이지 www.mirae-n.com

ISBN 979-11-6841-803-5 (03830)

* 북폴리오는 ㈜미래엔의 성인단행본 브랜드입니다.
* 책값은 뒤표지에 있습니다.
* 파본은 구입처에서 교환해 드리며, 관련 법령에 따라 환불해 드립니다.
다만, 제품 훼손 시 환불이 불가능합니다.